上に立つ者

御庭番の二代目 a

氷月 葵

時代小説
二見時代小説文庫

目次

上に立つ者——御庭番の二代目 9

江戸城概略図

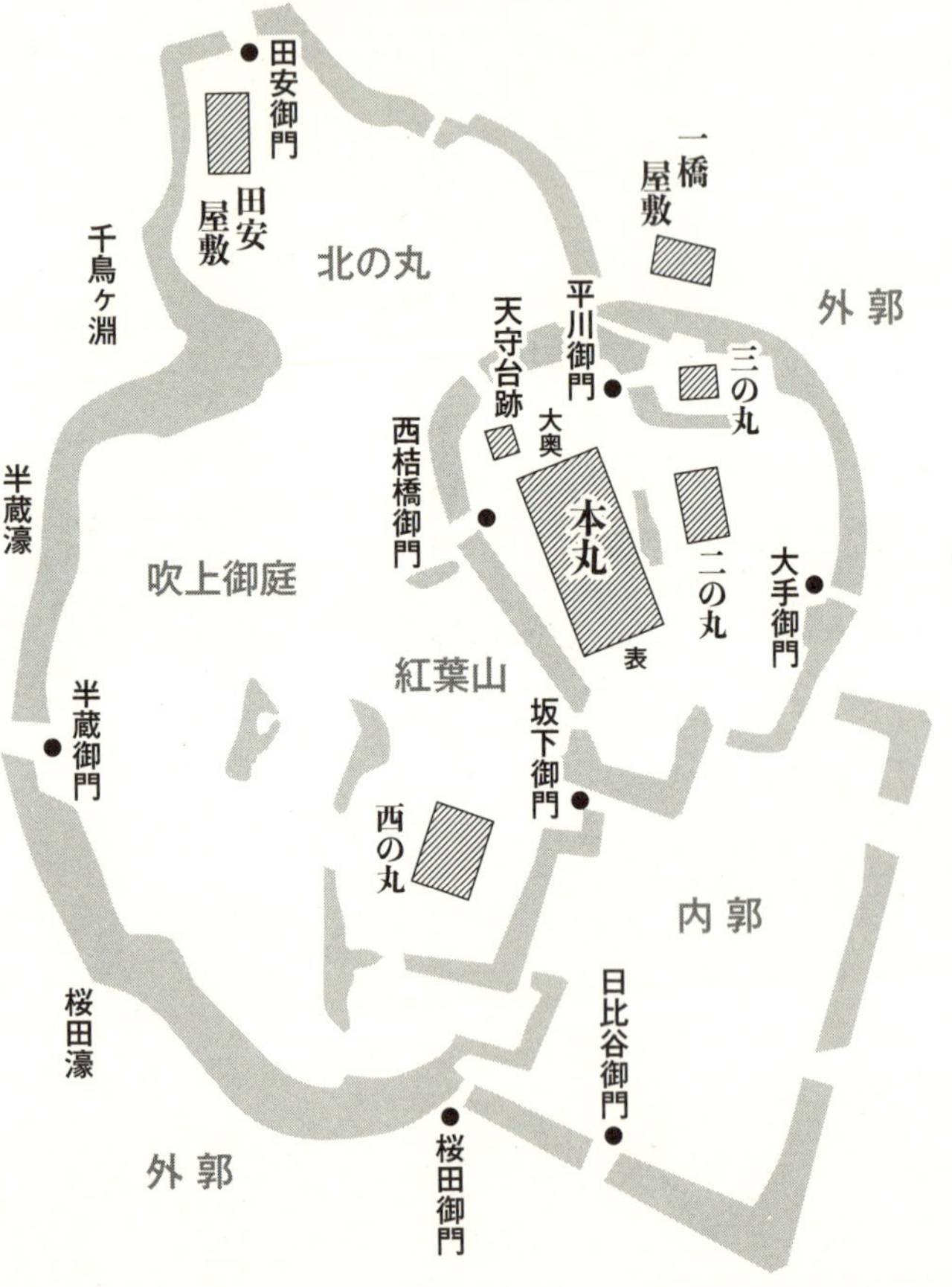
田安御門
田安屋敷
千鳥ヶ淵
北の丸
一橋屋敷
外郭
平川御門
天守台跡
三の丸
大奥
西桔橋御門
半蔵濠
吹上御庭
本丸
二の丸
大手御門
表
紅葉山
坂下御門
半蔵御門
西の丸
内郭
日比谷御門
桜田濠
桜田御門
外郭

第一章　吉宗《よしむね》、急転

一

寛延《かんえん》四年（一七五二）四月二十六日。
未明の丑《うし》の刻（午前二時）。
眠っていた宮地《みやぢ》加門《かもん》の目が、ふっと開いた。
隣に顔を向け、寝息を立てている息子の草助《そうすけ》を見やり、その向こうの妻千秋《ちあき》を見る。
と、千秋もふっと目を開いた。
あ、と加門は身を起こす。
揺れだ。
障子もカタカタと音を鳴らす。

千秋は身をよじって、息子の草助の上を覆った。

「地震だな」

加門の声に、千秋も見上げて頷《うなず》く。

「はい、横に揺れてますね」

二人は襖《ふすま》や障子を見やる。が、はじめに起きた音はすでにやみはじめていた。揺れも、遠くなっていく。

ほっと息をついて、加門は妻の肩に手を置いた。

「大丈夫だ」

ええ、と身を起こした千秋の下で、草助は変わらず寝息を立てたままだ。そのようすに二人は目を交わし、小さな笑いを漏《も》らした。

「大物になるかもしれないな」

「ええ、さすが宮地家の三代目ですこと」

「ああ、このまま育つといいがな……さあ、寝よう」

加門が身体を戻すと、千秋も枕に頭を置く。まもなく、二人の寝息が漏れはじめた。


「おはようございます」

朝餉《あさげ》の膳に着くと、「おう」と父の友右衛門《ともえもん》が顔を上げた。

「夜中の地震は気づいたか」

「はい、揺れが来る前に、ちゃんと目が覚めました」

「そうか、若いな、わたしは揺れてから起きた」

はは、と笑う父に母の光代《みつよ》が飯を盛った碗を差し出す。

「あら、そんなに揺れたのですか。わたくしは船に乗っている夢を見ていました」

「なんだ、呑気《のんき》なことだ」

父の吹き出した笑いにつられ、加門も吹き出す。そこに、草助の手を引いた千秋が入ってきた。

「すみません、母上、遅くなって。この子がなかなか起きなくて」

「あら、いいのよ、子供はよく寝るほど大きくなるのだから、朝はわたくしにまかせなさい」

光代は微笑《ほほえ》んで、草助の頭を撫《な》でる。

二年前に生まれた草助はその手を振り払い、

「ばばたま、いやー」

と身体をひねる。

「まあ、草助、いけません」

慌てて抱き寄せる千秋に、光代は笑って手を振る。

「まあ、いいのよ、その年頃はなんでもいやがるの、加門もそうでしたよ」

「そんな昔のことを」

加門は苦笑を浮かべて、汁椀に手を伸ばした。が、その手を止めた。味噌汁が揺れはじめたのだ。

皆、声を飲み込んで天井を見上げる。

かすかに障子の鳴る音がしたものの、まもなくやんだ。

「また地震……いやだこと」

光代の言葉に、友右衛門が顎《あご》を撫でた。

「ふうむ、これはどこかで大きな地震が起きたのかもしれんな。そら、この二月に京《きょう》で大きな地震が起きたというだろう。こちらは揺れなかったが、西ではそのあといくども地震が続いたそうだ」

まあ、と千秋が草助を抱きしめる。

加門は首を巡らせて、城の方角を見上げた。

江戸城本丸中奥《なかおく》。

早めに登城した加門は、そっと将軍御座所《しょうぐんござしょ》に近づく廊下を進んだ。この刻限、将軍家重《いえしげ》は大奥《おおおく》にいるはずだ。

ある部屋の前で止まると、加門はひそめた声を投げかけた。

「意次《おきつぐ》、いるか」

家重の小姓組番頭《こしょうぐみばんがしら》であり御用取次見習《ごようとりつぎみなら》いを兼務する田沼《たぬま》意次の部屋だ。役目が上がったことで城からほど近い小川町《おがわまち》に屋敷を拝領したのだが、そこに戻らずに城に泊まり込む日のほうが多い。

「おう、加門か、入れ」

中からの声に、加門はいつものように襖を開けて入って行った。

「地震があったな」

向かい合って胡座《あぐら》をかくと、意次は白湯《さゆ》を注いだ茶碗を差し出しながら、「ああ」と頷いた。

「目が覚めたぞ。上様も驚いてお起きになられていた」

「どこかで大きな地震が起きたのではないかと、まあ、これは父が言ったのだがな」

「うむ、年長のお人らは皆、そう言っている。武州《ぶしゅう》や甲州《こうしゅう》も揺れたらしい。が、それ以上のことはわからんのだ。もっと遠くであれば、知らせが着くまでに時がかかるだろうな」

「屋敷に戻らなくていいのか、龍助《りゅうのすけ》が心配だろう」

意次の長男龍助も、やはり二年前に生まれている。

言いつつ、いや、と加門は苦笑した。

「うちの草助は気づかずに寝ていたがな」

そうか、と意次は笑う。

「いや、幼子などそういうものだろう。屋敷は皆がいるから心配はいらぬ。龍助は物事に動じぬ質《たち》だしな。それよりも……」

意次は上を見上げた。

また、揺れが来ている。

「これが気になるな。京の大地震でも被害が出たし、その救済がやっと終わりそうだというのに」

うむ、と加門も壁を見る。衣紋掛《えもんかけ》に掛けられた羽織《はおり》が、まだ微《かす》かに揺れていた。

「大事《おおごと》にならなければよいがな」

そのつぶやきに、意次も深く頷いた。

翌日。

登城した加門は、中奥の庭で足を止めた。

表のほうから、数人の一行がやって来る。

先頭を歩いているのは西の丸に暮らす大御所吉宗《よしむね》だ。その一歩あとに、家重の長男である家治《いえはる》も付いている。家治は幼い頃から祖父の吉宗に育てられ、隠居によって西の丸に移った祖父とともに暮らしている。

加門は慌てて下がり、平伏した。

中奥の戸口へ向かう一行を、加門は気配で見送った。

大御所は家重と対面するために、足を運んだに違いない。吉宗が城表の玄関を通らずに、直接、中奥に来るのはいつものことだ。表を通れば皆が平伏せねばならず、そのために仕事を止めるのは避けたい、という深慮《しんりょ》が感じられた。

大御所一行が中奥に消えると、加門はすぐに別の戸口から御庭番の詰所へと進んだ。

すでに来ていた古坂《ふるさか》と馬場《ばば》が、顔を上げた。

「地震の知らせが入ったぞ」

「どこですか」

滑り込むように座った加門に、馬場が身を乗り出す。

「越後高田《えちごたかだ》だそうだ。越後からの早馬が、今朝早くに江戸藩邸に着いたらしい」

「越後……江戸まで揺れたということは、ずいぶんと大きかったのでしょうね」

「ああ、まだ仔細《しさい》はわからんが、相当な被害が出たであろうな、おっ」

馬場が上を向く。

また揺れが来たのだ。

加門も天井を見上げ、それから顔を中奥の西側に向けた。

大御所吉宗は子の将軍家重、そしてその世子《せいし》である孫の家治に、将軍としてなすべきことを教えているに違いない。

しかし、と加門は腰を上げた。

「西の丸に行ってきます」

そう言うと、中奥から外へと出た。

西の丸の庭へ行くと、加門はちょうどやって来た御庭番仲間を呼び止めた。父の友右衛門を探していると言うと、吹上《ふきあげ》の庭を指さした。

「御薬園《おやくえん》におられるはずだぞ」

樹木の茂る広い吹上の庭には、薬好きであった家康《いえやす》の時代から、薬草を栽培する御薬園がある。同じように薬に関心の高い吉宗は、それをさらに広げ、多くの薬草を育てている。

父の友右衛門から加門に継がれた宮地家は、代々薬草にくわしいため、吹上の御薬園の世話も仕事の一つとなっていた。

畝《うね》にかがむ父の背中に、加門は「父上」と呼びかけて近づいていく。

おう、と振り返った父の横にしゃがむと、加門は葉を茂らせている草を手で触れた。薄緑の細い枝がふさふさと茂った杉菜《すぎな》だ。

「ずいぶん植えましたね。それに、あちらは鳩麦《はとむぎ》ですか」

「うむ、奥医師の角田《つのだ》様から言われてな、たくさん植えたのだ」

「奥医師……やはりそうですか、どちらも尿《にょう》を出す薬草ですよね。大御所様のためのものですか。さきほど、本丸でお見かけしたのですが、お顔に浮腫《むくみ》があるように見受けられました」

ふむ、と友右衛門は身を寄せると、小声でささやいた。

「大御所様は最近、尿の出がお悪いらしいのだ。お腹のお具合もあまりよくないらしく、芍薬《しゃくやく》も増やしたのだ」

父の指さすほうを見ると、芍薬の茂みが白く大きな花を咲かせていた。根を掘って乾燥させれば腸の薬となる。

「お腹とは、心配ですね」

「うむ、わたしもそなたに訊こうと思っていたのだがな、中風《ちゅうふう》（卒中《そっちゅう》）の名残《なごり》ということはないのか」

吉宗は五年前に中風で倒れている。が、周囲の手当や当人の養生で半年後には床上《とこあ》げし、動けるようになっていた。

「それはないと思います。手足の麻痺《まひ》も残らず、お口も元どおりにお話しできるほどになりましたから」

「ふむ、そうか、なればよいが」

「そうですね、ですが、別の病であればそれはそれで……」

加門はつぶやきつつ、背中に気配を感じて、はっと振り向いた。

男が近づいてくる。

「や、これは角田様」

父が立ち上がるのを見て、加門もそれに続いた。

「おや、これは」角田は間近で立ち止まると、加門をまじまじと見て、

「宮地家二代目の加門とはそなたのことかな」

小首をかしげた。

「はい、宮地加門です」

背筋を伸ばす加門に、角田は頷く。

「聞いておるぞ、上様の御下命によって、阿部将翁《あべしょうおう》殿の医学所で修業をしたそうだな」

「いえ、修業というほどのものではありません。すこし、医術を学ばせていただいただけです」

「漢方のみならず蘭方《らんぽう》まで習い、外科もできると聞いたが」

「それは過分な噂……傷の縫い方を学んだだけです」

「ふうむ、縫うとはのう……いや、それはどうでもよい。阿部将翁殿は高名な本草学《ほんぞう》者、薬園も持っているそうだな」

薬草を扱う本草学を、阿部将翁は本場の清《しん》で学んでいる。

「はい、ですが小さい薬園です。この御薬園に比《くら》ぶべくもありません」

ふうむ、と角田は上目で加門を見た。

「将翁殿は薬棚も立派と聞いたことがある。よい桂皮《けいひ》や茯苓《ぶくりょう》もお持ちなのだろうな」

加門は横目で父を見た。父の眼《まなこ》が小さく動く。

角田の意図を飲み込んで、加門は目元に笑みを浮かべて見せた。

「はい、少し分けてもらえますので、父に渡しておきます」

ふむ、と角田は顎をあげた。

「どれ、では芍薬を見て参ろう」

角田はくるりと身をひねると、御薬園の奥へと歩き出した。

友右衛門は目元で笑うと、加門に小さく頷いた。

二

医学所の廊下を進むと、生薬《しょうやく》の匂いが鼻に流れ込んできた。

奥の薬部屋を、加門は覗く。そこに求める阿部将翁の姿があった。薬研《やげん》で干した蓬《よもぎ》を擂《す》っている。

「先生」

近寄る加門に、将翁は顔を上げて、頬《ほお》を弛《ゆる》めた。

「おう、加門か、久しぶりじゃのう」そう言って、向かいを手で示す。

「ちょうどよかった、まあ、座れ。急ぐのか」

「いえ、急ぎません」

加門が正座をすると、将翁は薬研車《ぐるま》をまわしながら、上目で見た。

「子は大きくなったであろう、元気か」

「はい、三歳になりました。おかげさまで時折、腹を壊す程度で元気です」

「そうか、子供は七つまでは天からの預かり物というからな、それはいつ天に帰ってもおかしくないということじゃ、油断するでないぞ」

「はい、先生に教わりましたいろいろのことを、いつも実践しています」

胸を張る加門に、将翁はうむ、と目を細める。と、その手を止め薬研車を外《はず》す。

「さて、これはもうよい。あとはそなた、手伝ってくれ。年をとると、手に力が入らなくなってな、固い物は無理なんじゃ」

将翁は身体をひねると、背後から箱を引き寄せた。

「いい茯苓が手に入った。これを擂っておくれ」

「茯苓ですか」

加門は膝行《しっこう》して近寄る。

箱の中には薄い黄色味のかかった塊《かたまり》がいくつも入っている。木の幹に生える大きな固い茸《きのこ》を砕いた物だ。

「先日、清から入ってきた物よ」将翁は一つを手に取る。

「いつもの薬種問屋《やくしゅどんや》が持って来た。滅多《めった》に手に入らぬ上品《じょうぼん》じゃぞ」

「これは、高価なのではないですか」

加門も一つをつまみ上げて香りを嗅ぐ。

「うむ、まともに買えば高い。だが、わしは以前、あそこの息子の病を治したのでな、一番よい物を安くしてくれるというわけよ」

「そうでしたか」加門はかけらを戻すと、両手をついた。

「先生、お願いがあります、これを少し、譲っていただけないでしょうか」

その勢いに、将翁は顎《あご》を引く。加門は再び膝行し、

「実は……」

と、奥医師とのいきさつを話した。

「ふうむ、そういうことか。その医者は薬種問屋からわしに茯苓が渡ったことを知っていたのだな。量が少ないゆえ、皆には行き渡らんのだ」

「あ、そうか」加門は手を打つ。

「だから、わたしなんかに声をかけたのですね。あ、では、桂皮のよい物も入ったの

ですか」

　ああ、と将翁は笑う。

「入っておるぞ、医者の世界は狭いから、筒抜けというわけじゃな」

　将翁は別の箱を取り、前に置く。

「少しなら、持って行ってよいぞ」

「ありがとうございます、貴重な物を」

「なあに、お城でそなたの立場が悪くなっては困るからな」

　将翁はこの医学所でただ一人、加門が御庭番であることを知っている。細い両腕を組むと、ふっと息を吐いた。

「奥医師になるような者は出世が大事。出世欲が強い者は妬《ねた》みも強い。人を追い落とすも平気ゆえ、なにをするかわからん。出世のためには毒さえ使う者もおるからな。そなたもできるだけ関わらぬほうがよいぞ」

　はい、と加門は生薬を包みながら頷く。

「あのお方らは何を考えているかわからぬので、わたしも近づきたくありません」

　浮かべた失笑に、将翁も笑いで返す。

「そうよ、それが賢明」と、真顔になって声をひそめた。

「しかし、その生薬、使うのは公方様《くぼう》か」

「いえ」加門も声を落とす。

「実は大御所様なのです。尿の出が悪くなられたようで、お腹のお具合もいまひとつとか」

「ふうむ、大御所様か、確か七十に近いお歳であろう」

「はい、今年で六十八歳になられたはず」

「そうか、そのお歳ではしかたあるまい。男は歳を重ねると、尿が詰まりやすくなるのだ。わしとて、そうよ。小便がしたくなって厠《かわや》に行っても、ちょろちょろとしか出んでな、どうにも気持ちが悪くてむずむずする。そうかと思うと、急に行きたくなって我慢ができなくなってな、漏らしそうになるんじゃ。いや、実を言えば漏らすこともある」

へえ、と目を見開く加門に、将翁は片目を細めてみせる。

「それに腹ものう、詰まったり下《くだ》したりと、何かと障《さわ》りが出る。まあ、わしなど始終ここおるから、困りはしないがな。未だお仕事をなさっておられる大御所様は、心配じゃのう」

「はい、越後高田の地震で城表は慌ただしく、大御所様もしばしば本丸に見えているので。公方様にもいろいろご教示されておられるのだと思います」

「ああ、地震か、ずいぶんと大変なようじゃな……」

と、その口を将翁が閉じた。

「先生」

廊下から走る足音が響いたからだ。

飛び込んできた若い見習い医者が、表を指す。

「来てください、足を鋸《のこぎり》で切ってしまったという大工が……」

ふうむ、と将翁は加門を見る。

「そなたは縫うのは得意だったな、行ってくれまいか」

はい、と腰を浮かせる加門を、見習い医者が怪訝《けげん》そう見ると、将翁は手を振った。

「この加門はよい腕をしているんじゃ、任せてついでに見て学ぶがいい」

「はい」

見習い医者は頷いて踵《きびす》を返す。

加門も将翁に会釈《えしゃく》をして、そのあとに続いた。

五月。

半ばになっても、城表はまだ慌ただしさが消えていない。

越後藩は公儀に救済を求め、その対応にも追われているためだ。

廊下を行き交う役人らの姿を、加門は庭から眺めていた。と、傍《かたわ》らに、御庭番仲間の吉川栄次郎《よしかわえいじろう》が近づいてきた。

「お役人方は忙しそうだな。高田の城下町では、二千軒以上の屋敷や町が潰《つぶ》れたというではないか。死んだ者も三百人近くになったとか。おまけに翌日にも揺れて、拍車《はくしゃ》がかかったらしいな」

「ああ、御公儀の直領《じきりよう》、名立小泊村《なだちこどまりむら》では、山が大崩れを起こして、麓《ふもと》の村が丸ごと埋まってしまったそうだ。村人四百人以上が、命を落としたらしい」

「村ごとか、それはひどいな」

栄次郎は眉を寄せる。

うむ、と頷きながら、加門の目は中雀門《ちゆうじやくもん》に引き寄せられた。

徳川宗武《むねたけ》が、姿を現したのだ。

吉宗の次男であり、家重にとって弟である宗武は、北の丸の田安《たやす》屋敷の当主だ。十万石の大名でもあり、政《まつりごと》に関心が強い。

「おや、田安様か」栄次郎も気づいてつぶやく。

「謹慎が解けてから、よく本丸にお見えだな」

延享《えんきょう》四年（一七四七）、宗武は吉宗の怒りを買い三年の謹慎を命じられていた。

その場に居合わせた加門は、宗武が家重をあしざまに言った言葉の数々を思い出す。口もまともにきけない者は将軍の器《うつわ》ではないなどと、憚《はばか》ることなく言ってのけたのだ。吉宗は中風で言葉が不自由であったにもかかわらず、叱声《しっせい》をあげた。そして、謹慎を言い渡したのだった。

その謹慎も昨年解け、宗武は本丸表に来るようになっていた。

堂々と胸を張っているな……。加門は宗武を見て、胸中でつぶやく。御政道に参画することは決してあきらめぬ、とその姿は語っていた。

「しかし、一橋《ひとつばし》様はお見かけしないな」

栄次郎は一橋御門のある方向を見やる。

一橋屋敷の当主は宗武の弟である宗尹《むねただ》だ。同じく十万石を与えられており、宗武とは仲がいい。

「そういえば」加門も同じ方角を見る。

「一橋様の御側室が懐妊されたそうだ。今は、それもあってお城よりもお屋敷のほうが大事なのかもしれんな」

「そうなのか。まあ、そもそも一橋様にしてみれば、上様のおられる本丸には、来る気がしないとしても不思議はないか」

栄次郎は肩をすくめる。

宗尹も宗武も、もともと家重と仲が悪い。

それに加え四年前、宗尹の長男は、家重によって福井《ふくい》藩に養子に出された。宗尹がそれを家重の悪意と受け取ったとしても、不思議はない。家重は将軍となって以降、宗武と宗尹に目通りを許していないとも噂されている。

「さ、わたしは戻るぞ」

栄次郎は踵を返して中奥へと向かって歩き出す。

加門は雲の広がる空を見上げた。

三

五月下旬。

吹上の庭を進み、御薬園に加門は向かった。

父が芍薬の茂みで手入れをしている。

加門の気配に気づくと、友右衛門は小さな笑みを見せた。

「おう、どうした」

はい、と加門は傍らに寄って、小声で問う。

「大御所様のごようすはいかがですか。ここのところ、地震の一件が落ち着いたのか、本丸にはお越しにならないようなので」

「ふむ、先日、西の丸のお庭でお見かけしたぞ。以前に比べて、お顔の浮腫が引いたように感じられたな。そなたがもらってきた生薬を、角田様は早速、使ったのであろう。まあ、出処《でどころ》は言うてはいないだろうがな」

苦笑する父に加門も同じく返す。

「はい、ですが、効いたのであればそれでいいです」加門は西の丸御殿を振り返った。

「上様にとって、大御所様はやはり頼りになるお方、お元気でいてくだされば、それだけで心強いことでしょうから」

「ふうむ、確かにな。敵のいるお人にとっては、味方が大事。わたしも薬草作りに精を出すとしよう」

手をぐっと握る父に頷いて、加門は御薬園から離れた。

六月初旬。

登城した加門は、中奥の廊下を歩きながら、ふと足を止めた。

なんだか、いつもと違うな……。そう思いながら、将軍の御座所のほうを窺《うかが》う。人の動きもなく、しんとしているように感じられた。が、気のせいか、と小さく首をかしげながらまた足を踏み出し、御庭番の詰所に向かった。

「や、おはようござる」

すでに来ていた村垣清之介《むらがきせいのすけ》が、加門に会釈をする。千秋の兄である清之介は、加門とは義理の兄弟の間柄だ。が、城中で慣れ親しむことはしない。挨拶《あいさつ》を返して座ると、背後で襖が開いた。

「お、二人、来ておったか」

年嵩《としかさ》の馬場が静かに入ってくると、加門を見た。

「加門、そなた、なにか聞いておるか」

「は、なにか、とは」

「西の丸のことだ」

「西の丸、とは大御所様のことですか。いえ、わたしはなにも」

首を振りつつ、加門は身を乗り出す。

「なに、なにかあったのですか」清之介も首を伸ばす。

「わたしもなにも聞いてはいませんが、いやしかし、なにやらお城の気配がいつもとは違うような気がしていたのです」

ふむ、と馬場は口に手を当てた。

「もしかしたら、大御所様がまたお倒れになったかもしれん」

えっ、と息を吞む加門と清之介に、

「どうも、昨夜、西の丸に奥医師が呼ばれたようなのだ」

そうささやいた。

「おまけにな、わたしは宿直《とのい》をしていたのだが、深夜に人が行き交う気配があってな、上様が西の丸に行かれたのではないか、と感じたのよ」

「上様が……」

「ああ、だが、わたしの推測であったから、さきほど西の丸に行って来たというわけだ。したら、西の丸で宿直をしていた御庭番が、奥医師が来た、と言うたのだ」

馬場は眉間《みけん》に皺《しわ》を刻む。

加門は腰を浮かせ、

「もしも、本当に上様が呼ばれたのであれば、病が重いのかもしれませんね。中風は繰り返すと言いますから、もしかしたら……」

西の丸の方角を見る。

「まあ、落ち着け、だからといって、我らになにかができるわけではない」

制する馬場の手には応えず、加門は立ち上がった。

廊下へと出て、将軍御側衆の部屋へと向かう。

意次ならわかるかもしれない……。その思いで足が逸《はや》る。が、それが止まった。廊下を戸口に向かって、早足で進む意次の背中が見えたからだ。先に立っているのは将軍の小姓だ。

そうか、と加門は独りごちた。意次は昨夜は屋敷に戻り、今しがた、登城したに違いない。小姓は、それを待っていたのだろう、そして、西の丸へと向かった……。ということは、上様はやはり西の丸におられる……。

加門は外へと出て行く意次を見送った。が、そうだ、とつぶやくと、自らも外へと出て行った。

西の丸の庭に行くと、すぐに父友右衛門の姿を、木立の下に見い出した。陰から西の丸御殿中奥の廊下を見つめている。

「父上」

背後から近づくと、父は目で振り返って頷いた。

「来たか、先ほど意次殿も入って行ったぞ」

「はい、何があったのでしょう。昨晩、奥医師が呼ばれ、上様もこちらにいらしたようなのですが」

「上様が……ふうむ」友右衛門は顎を撫でる。

「少し前に、老中首座《ろうじゅうしゅざ》の堀田《ほった》様も見えられた。奥医師に上様、それに老中首座、となれば大御所様になにかあったのであろう。中風というのは、一度なると再びなりやすい、とそなた、申していたな」

「はい、そう教わっています。わたしもまたそれでお倒れになったのではないか、と案じているのですが」

「うむ、そうかもしれぬ。だが、五年前はすぐに皆に知らされたのに、こたびはそれがないのが、気にかかる。あっ……」

父が木陰から身を乗り出して、廊下を見つめた。

奥医師の角田が現れたのだ。薬箱を手に提げ、玄関の方向へと歩いて行く。

「帰るのか」

父のつぶやきに、加門は唾《つば》を飲み込む。

「どういうことでしょう」

うむ、と父は身をうしろに引く。

「よもや、とは思うが……」

「まさか」

加門は閉ざされたままの御座所の障子を見つめる。その頭の中に、医学所で聞いた将翁の言葉が浮かんできた。

〈中風には正直、打つ手はない。倒れて数日、命を保つこともあるが、目が開かないまま息を引き取ることも多い。倒れてそのまま、命が終わってしまうことも珍しくはないんじゃ〉

父と息子は黙って、御殿に目を向けた。と、父があっと声を漏らした。

老中の松平武元《まつだいらたけちか》が廊下に現れ、足早に中奥へと進む。そして、大御所の御座所へと入って行った。

「この分だと」父が腕を組んだ。

「老中五人、お揃いになるかもしれんな」

加門は一歩を踏み出しながら、父を振り向いた。

「わたしは今夜、宿直を代わってもらい、お城に泊まります。夜になれば、意次も戻るかもしれない」

「ふむ、そうさな、そうするがいい。家には伝えておこう」

はい、と加門は頷いて御殿の屋根を見上げた。なにが起きているのか、そう思うと掌《てのひら》に汗がにじんだ。


夜、亥《い》の刻（十時）、加門はそっと中奥の廊下を歩いた。行き先は意次の部屋だ。一刻《いっとき》（二時間）前の戌《いぬ》の刻にも訪れたが、部屋は空《から》だった。別の部屋から人々の抑えた話し声が聞こえたため、加門は詰所に戻り、時を待っていたのだ。

「意次、いるか」

小声で呼びかけると、「おう」と襖がそっと開いた。

素早く身を入れた加門は、見上げる意次の顔を見て、息を呑んだ。

端正な顔に、翳《かげ》のような疲れが張り付いている。

唾を飲み込みながら、加門は向かいに座った。口を開こうとするが、頭に浮かんだ言葉を声にすることができない。

意次はそれを察し、頷いた。

「大御所様が亡くなられた」

「な……。真《まこと》か」

「うむ、昨夜、お倒れになり、奥医師を呼んだそうだが、目を開けることなく息を引き取られたそうだ。わたしは昨日は下城したので、朝、知ったのだ」

「そうか」

「上様はすぐに駆けつけられて、家治様とともに看取られたそうだ」

「そうだった、か」

己《おのれ》の声が震えていることを感じて、加門は喉《のど》を押さえる。

意次は大きく息を吐いた。

「これほど急なことになるとは、誰も思うていなかったからな、西の丸も我らも、うろたえている」

「そう、だろうな、一大事だ」

「ああ、心構えも準備もできていなかったしな。だから、当面は伏せておくらしい」

「そうなのか」

「うむ、この先のことはおいおい決めていくのだろう。そなたも頻繁《ひんぱん》に顔を見せてくれ、わかったことは教えるから」

ああ、と加門は腰を上げた。

「とにかく、そなたも休め。遅くにすまなかったな」

「いや、話せて少し胸が軽くなった」

意次は顔を上げて、うっすらと笑みを浮かべた。

四

加門は城表の廊下を歩きながら、目と耳を周囲に配った。

この数日で城の中に少しずつ、噂のさざ波が広がっているのが感じられる。大御所様薨去《こうきょ》のことがどこかから漏れ、じわじわと伝わっているらしい。

下城のために廊下に出て来る役人らは、無言の者、小声で言葉を交わす者とさまざまだが、一様に面持ちは暗い。

人々が去り、夜を迎えると、加門は意次の部屋を訪ねた。

疲れの翳は薄くなったものの、意次の声は覇気《はき》がない。

「決まったぞ。十日に御棺《おひつぎ》を上野寛永寺《うえのかんえいじ》に移されるそうだ」

「そうなのか」

るらしい」

「ああ、御棺の担ぎ手を町方からも集めるために、もう亡くなられたことも公《おおやけ》にす

「町方も使うのか」

「うむ、城中の者から百人は担ぎ手として決まっているそうだが、足りないために、町方からもさらに百人、募るそうだ。なんでも、御棺には朱《しゅ》をたくさん入れるため、重くなるらしい」

「朱か、真っ赤な石だな。昔から貴人の埋葬《まいそう》の際には棺に入れられるというからな」

「そうなのか」

首を伸ばす意次に、加門が頷く。

「ああ、朱は丹《たん》とも呼ばれていて、毒なのだ。ために漢方の講義で教わったことがある。だが、赤は魔除けになるし、昔から尊い色とされているからな、貴人にふさわしいと考えられてきたのだろう」

「なるほどな。おまけに、お棺は二重にして、外側には法華経《ほけきょう》の文字を書いた石をたくさん入れるそうだ。ゆえに重くなる、と」

「なんと、石をそれほど使うのか、それは人手が必要だな。だがまあ、いずれにしても、上野までの行列で町方にも知られることになるのだから、これ以上秘することは

ないということか」

「うむ、だが、命日は二十日とするそうだ」

「二十日、それはまたなぜ」

身を乗り出す加門に、意次は背筋を伸ばす。

「大御所様が生前からそうせよ、と御側衆に言われていたそうだ。そら、家光《いえみつ》公の御命日が二十日であろう。それに合わせるという御所存であろう」

「そうか。将軍の命日は忌日《いみび》となるからな」

「ああ、月命日でも参拝がなされるし、公方様がお出ましにならずとも老中の代参がされるであろう。それに忌日は大奥に泊まってはならぬ、などといろいろと決まり事が多い。それらを踏まえれば、できるだけ忌日を増やさぬほうがよい、とお考えになったのだろうな」

「なるほど、ありえるな」

「ああ、なにしろ忌日は参拝だけでも時を費やす。だが、忌日が同じ日であれば、月における参拝の回数が減る。大御所様はそこに思いをいたされて、二十日とするように命じられたのだと思う。なにしろ、御廟《ごびょう》も新しく造らずに、綱吉《つなよし》の御廟に合祀《ごうし》せよ、とこれも命じられていたそうだ」

「そうなのか。ううむ、さすが……倹約《けんやく》を御自ら率先されていた大御所様ならではのご決断だな」

「うむ。上に立つお方の御深慮ということだろう」

意次のうなずきに加門も倣《なら》う。

「最期まで、天下を治めるお立場を貫かれたのだな」

加門もほうと息を吐いた。

「十日、申《さる》の刻（午後四時）だ」意次が身を正す。

「御棺は西の丸の中奥からお庭に下ろされて運ばれる。上様と大納言《だいなごん》家治様がお城を出るまで付き添われるそうだ」

「城外には出られないのか」

「うむ、御門の内から見送られるそうだ。お身内はお寺の葬儀にも出ない、というのが習わしらしい。死穢《しえ》を避けるためだろう」

「え、そういう習いなのか」

「ああ、寺では毎日、法要をし、老中が交代でお参りに行かれるそうだ。百箇日法要がすんだあとに、やっとお身内が参拝することになるという話であった」

「へえ」加門は眉を寄せる。

「将軍家ともなると、すべてにおいて我らとは違うのだな。しかし、葬儀にも立ち会えないとは、なにやら寂しい気がするがな」

　まあな、と意次はささやく。

「わたしも聞いたときは驚いた。上様もお気の毒、それに大納言様は大御所様に育てられたのだから、いっそう悲しまれているであろうに。が、代々の習わしとなれば、しかたがないのだろう」

「そうだな、将軍家の慣習であれば、いたしかたないか」

　肩を落とす加門に、意次はそっと顔を寄せた。

「でな……十日の折には、そなたにも目を配ってほしいのだ」

「御棺の行列を見守るということか」

「ああ、西の丸御殿からお城の外に出るまででいい。行列には上様と大納言様、それに御側衆の幾人かが付き添うらしい。そこに田安様と一橋様が加わるかどうか、まだわからぬのだ。もしかしたら、上様はお二人を遠ざけられるかもしれない」

「あ、それか」

　加門は肩を上げた。

　田安家当主宗武と一橋家当主宗尹は、家重の世子廃嫡を言い立てたため、憎しみを買っている。目通りさえ許そうとしない家重が、二人を近づけるとは思えない。

「あのお二人にとっても、大御所様が父上であるのは同じだものな。お二人とも、大御所様の亡骸《なきがら》とは対面されているのだろう」

「うむ、亡くなられた翌日、上様が本丸に戻られたあとに、許されてお顔を見られたそうだ。この期《ご》に及んでも、上様と同席はしておられない。最後のお見送りも上様が許されなかった場合、どう出るか、ちと気になるしな」

「そうか、わかった」加門は頷く。

「行列をお見送りできるのはありがたいこと。陰から目を配ることにしよう」

「頼む」

意次の手が、加門の肩に置かれた。

五

夕餉《ゆうげ》の膳に着くと、千秋が熱い味噌汁の碗を置いた。立ち上る湯気から、潮の香りが鼻をくすぐる。

「今日はあさりですよ」母の光代が、ちらりと父の顔を見る。

「お城は大変らしいですね」

加門は隣の父と目を合わせた。大御所薨去のことが、この御用屋敷にも広まっているのだろう。

「うむ、急なことだったので、なにかと慌ただしい」

そのやりとりに、千秋は話してもいいのか、とばかりに身を乗り出した。

「やはり急だったのですか」

ああ、と加門が頷く。

「中風は兆《きざ》しもなく起こることが多いからな、手の打ちようがないのだ。今年は京に続いて越後高田にも大地震が起きて、大御所様もお忙しくされていたから、そのお疲れが祟《たた》ったのかもしれない」

「まあ」母が眉を寄せた。

「せっかくご隠居なされたのに」

「いや」父が首を振る。

「大御所様は最後まで、上様や大納言様に御政道をお教えなさろうとしたのであろう。ご立派なことよ」

「ええ、その徳のせいでしょうか」母が小声で返す。

「病で寝付くことなく、ぽっくりとご逝去《せいきょ》されるなんて、うらやましいことです」

「これ、ぽっくりなどと畏《おそ》れ多い」

慌てる父に苦笑しながら、加門は、はた、と手にしていた箸《はし》を宙で止めた。なるほど……。

「そうですね、大御所様ゆえにそうは思っていませんでしたが、人の最期として考えれば、よい終わり方ですね」

「そうでしょう」母の声が大きくなる。

「長い間、寝込んで皆の世話になって、心苦しく過ごすことを思えば、ある日突然、息を引き取るなど、願ってもない終わりようです」

「はい」千秋も頷く。

「うちの爺様《じじさま》は、歩けなくなって半年、寝付きましたけれど、早くお迎えに来てほしいと、ときどきこぼしておりました」

村垣家の吉翁《きちおう》は四年前に、この世を去っている。

「なれど」加門は眉間を狭める。

「寝付けば周りの者はお世話をしながら、最期に向けて気持ちを整えることもできる。それに比べ、ある日、いきなり死んでしまうと、悔いが残る。どちらがよいか、一概には言えないと思うが」

　あら、と母が背筋を伸ばす。

「わたくしのときには、悔いなど持たずともよいのですよ。わたくしはとにかく、ある日、ぽっくりと死にたい。人の迷惑になりたくないのです」

「ふむ、確かに」父も頷く。

「寝たきりで過ごすのは、なんとも心苦しいな」

「そうでしょう、そうお思いなら、その酢の物を召し上がりなさいませ。お酢は身体によいのです、だからお出ししているというのに、いつも残すのですから」

　母が指さす小鉢には、瓜《うり》の酢の物が入っている。

　うう、と唸って、父はそれを手に取った。

「酸っぱいのだ、酢の物は」

「お酢ですから、酸っぱいのは当たり前。それゆえ、身体によいのです」

　胸を張る母に、父は肩をすくめる。

　二人を見比べて、千秋は笑みを浮かべた。

「父上も母上もご安心ください。なにがあっても、わたくしがお世話をさせていただきます」

「まあ、それがいやなんですよ」母が口を曲げ、慌ててそれを戻した。

「いえ、千秋さんがいやなのではありませんよ、大事な嫁と思うからこそ、迷惑をかけたくないのです」

「あら、家族なのですから、迷惑ではありません」

「いえいえ、家族だからこそ、厄介《やっかい》になりたくないのです」

「うむ、そうだ」父も頷く。

「まあ、なればぽっくりと逝《い》けるように、徳を積まねばならんな」

「徳……ねえ、どうすればよいかしら」

真剣な母の面持ちに、加門は笑いを吹き出した。

「徳もいいですが、母上の言われるとおり、お酢のほうが効くかもしれませんよ。将翁先生もお酢は身体によい、と言っておられます」

「ふむ、そうか、では飲むか」

父が眉を寄せて、酢をすする。と、途端に咳《せ》き込んだ。

加門は笑いを抑えて、皆を見る。

「ですが、人の最期は選べない気がします。医学所に来るお人でも、重い病なのに治ることもあるし、軽いと診断されたのに、急に悪くなって亡くなることもある。命には、抗《あらが》いようのないなにかがあるのではないかと、ときどき思います」

「寿命ということか」

「はい、多分」

「ふむ、医術を学んだ者から言われると、抗弁できんな。では、酢はもうよいか」

　小鉢を置こうとする父の手を加門は制する。

「いえ、よい物は摂《と》ったほうが。寿命は決まっていても、最期まで元気を保つというのが養生の心得ですから」

「そう、そういうことです」母がまた胸を張った。

「食も養生のうち、そうでしょう、加門」

「はい」

　加門は素直に頷き、酢の物を口に運ぶ。その酸っぱさに、思わず口が曲がった。

「では、これもお召し上がりを」

　千秋は己の小鉢を差し出した。

「お城はお忙しいのでしょう、お体が大事です」

　さあ、と差し出された小鉢を、加門は口を曲げたまま受け取った。

六月十日。

空はうっすらと黄昏《たそがれ》の色を広げはじめている。

加門は本丸の石垣に立つ数寄《すき》屋櫓《やぐら》から、下を見ていた。真下は内濠《うちぼり》で、蓮池《はすいけ》濠から乾《いぬい》濠沿いに吹上大通りと呼ばれる道が南北に延びている。その向こうに西の丸御殿の屋根が見えた。見張りのための櫓であるから見晴らしがいい。

西の丸の中奥から庭へと下ろされた棺が、山里御門《やまざとごもん》を抜けて御殿をまわり、下の道に来ることになっている。

加門は窓から見下ろして、息を呑み込んだ。大通りには、三間《さんげん》の幅で畳が敷き詰められているのだ。

申《さる》の刻を過ぎてからしばしの時が経った。

加門ははっと首を伸ばす。

行列が現れたのだ。

白い帷子《かたびら》に浅黄色《あさぎいろ》の上下《かみしも》を着た男達が綱を引いている。黒鍬者《くろくわもの》と駕籠《かご》の者らだ。綱で引かれているのは、棺が納められた石槨《せきかく》だ。檜《ひのき》の棺をさらに石の槨で覆ったものだ。

大御所様、とつぶやき、加門は思わず手を合わせた。

石槨のうしろには家重と家治の姿がある。

それにつづいて奥女中が数人、歩いている。

さらに御側衆らが続く。意次の姿もあった。行列はゆっくりと、粛々《しゆくしゆく》と進んで行く。

やはり、と加門は胸中でつぶやいた。宗武様と宗尹様は付き添いを許されなかったのだな……。

窓から離れ、踵《きびす》を返す加門を、櫓の番人が振り返る。

「おや、もうよいのですか」

「はい、もうすみました。ご免」

階段を降りて、外へと出て行く。行列の進む方向に沿って石垣沿いを歩き、加門は富士見多聞《ふじみたもん》の前に立った。

やはり石垣の上に立つ建物だが、こちらは長屋だ。窓が並んでおり、やはり見晴らしがいい。

入り口に近寄ったそのとき、加門ははっとして足を止めた。中から人が出て来る気配を感じたからだ。足音、そして二人の男の話し声も聞こえる。

この声は……。加門はすぐに退き、木立に身を隠した。

出て来たのは、宗武と宗尹だった。

そうか、多聞から行列を見送っていたのだな……。そう思い至りながら木陰から、窺うと、二人は北に向かって歩き出した。行列の向かう方向だ。

加門はそっとあとを付ける。二人は西桔橋御門《にしはねばしごもん》をくぐった。その先は濠へと降りていく狐坂《きつねざか》だ。坂の途中からは、吹上大通りがよく見える。そこからまた見送るつもりなのだろう。

加門はその場を離れ、天守台《てんしゅだい》の裏へとまわる。かつて聳《そび》えていた天守は明暦《めいれき》の大火で焼け、そのあとは再建されていない。今は石垣の上に、土があるだけだ。

加門は石垣に背をつけて、城の向こうに広がる町を見た。

城外では、棺を担ぐための者らが待ち受けているはずだ。そこから上野まで、行列は続くことになる。

息をひそめて町を見ていた加門は、その耳を背後に向けた。予期したとおり、二人の兄弟はやって来た。天守台を上りはじめたのが感じられる。交わす話し声は下からだんだん上に上っていく。

やがて、頭上に至り、二人が石垣の際《きわ》に立ったのが察せられた。

声が上から落ちてくる。加門は耳を澄ませた。

「このような所からしか、お見送りできぬとは……」

宗尹の声だ。

「うむ、家重め、ここまでするとは……我らとて、父上の子であることは同じであるというのに」

うめくような宗武の声が、頭上から落ちてくる。

内濠の向こう側を行列が通って行く。

「ですが」宗尹の声だ。

「兄上がお見送りしようと言われたのは、少し意外でした」

「なぜだ」

尖《とが》る宗武の声に、宗尹が冷えた声を返す。

「父上に三年の謹慎を申し渡されて、恨まれていたではないですか」

「ああ、それか。ふむ、確かにあのときにはな。だが、じっくりと考え、父上のご判断はすべて徳川家のためと納得したのだ。このように最後の別れとなれば、御棺を担ぎたいくらいだ……だが、それを言うなら、そなたとて、父上を恨んだであろう。長男を養子に出せと言われ、そなたは父上に止めてほしいとお願いしたものの、聞いてくださらなかったと、憤っていたではないか」

「ええ、確かに」

宗尹の長男は家重の命令で福井藩に養子に出されている。嫡男たる男子を養子とは、と宗尹は父に談判したものの、結局、家重の意向が通されたのだ。

「あのときにはわたしも、父上をお恨みしました。すべてにおいて家重の意を重んじられ、我らは軽んじられる。上が優れた人物ならば、承服もできましょうが、なにしろあの家重……」

二人とも城中では兄を公方様と呼んではいるが、誰もいないという油断からか、堂々と家重と呼び捨てにして憚《はばか》らない。

「家重め、この仕打ち、決して許さぬ」

宗武の声に宗尹も続ける。

「はい、わたしも一橋家に代々伝えていきますぞ」

二人の荒い声音《こわね》に、加門は音を立てずに唾を呑み込んだ。

「戻ろう、わたしの屋敷に来い、酒を飲むぞ」

宗武の足音に、「はい」と宗尹も続く。

足音が天守台を降りて行く。

加門は息をひそめて、二人が離れて行くのを待った。

六

十月。

医学所奥の薬部屋で、加門は薬研車をまわしながら、生薬の香りを大きく吸い込んだ。なじんだ香りが心地よい。と、その顔を廊下へと向けた。ゆっくりと進む足音が近づいてくる。

「待たせたな、加門」入って来た将翁は、向かい側に座った。

「弟子には任せられん病人でな、手間どってしもうた」

「いえ、こちらこそ、いきなり押しかけてすみません」

「なにをいまさら、そなたはいつでもいきなりじゃろうて。して、今日はなんじゃ」

はい、と加門は薬研から離れ、置いていた箱を差し出した。

「菓子です。柔らかな練り物ですので、よいかと」

箱の中には、包んだ金子《きんす》も入れてある。

「ほう、気が利くのう……先日も歯が一本抜けてな、柔らかい物はありがたい」

蓋を開け、包みに気がついた将翁は、上目で笑った。

「ふむ、読めたぞ、また薬が要るのであろう」

「はい。小水を止める薬がほしいのです。いえ、止めるというか、小用に行く回数を減らす薬はないでしょうか」

「頻尿《ひんにょう》で困っているとな……」将翁は白く薄い眉を寄せる。

「もしや、あのお方か」

はい、と加門は膝行して間合いを詰めた。

「大御所様の百箇日法要がすんだため、公方様が上野寛永寺に参拝に行かれるのです。ですが、その……」

「ふむ、その話は聞いたことがある。公方様は途中でいくども厠《かわや》に行かれるため、道々、公方様専用の雪隠《せっちん》を造ったというな。そのために、ひどい言われようもされておるとな」

はい、とひそめた声で加門は頷く。

「ずっと以前は、そのようなことはなかったらしいのですが、近年、とみに。ですから、あまりお城の外へはお出にならず、寺の参拝も代参を送ることが多いのです。ですが、すべて代参というわけにもいかず、特にこたびは大御所様御廟のお参りですので、公方様ご自身も望まれています。ですが、その途中が……」

「ふうむ、何度も小用に行かれることになる、と」

「はい、おそらくは」加門の眉が小さく寄る。

「公方様は傷《いた》んだ料理を出されても、そっと捨てよ、と命じて、御膳所の者が咎《とが》められぬようにとお気遣いをされる方。いちいち行列を止めることを、お心苦しく思われているはずです。それに……」

「うむ、口さがない者らに、余計なことを言われたくない、ということじゃな」

「はい」

「忠義者め」

将翁は笑いながら、立ち上がった。

薬棚の小引き出しをつぎつぎと開けると、生薬を器に移していく。

「頻尿を抑える薬を調合しよう。じゃがな」

腰を下ろすと、将翁は上目で加門を見た。

「公方様の場合は、どこまで薬が効くかわからん。麻痺のあるお人は、身体のさまざまなところに障りが出るんじゃ。わしは首から上に障りの大元があるのではないか、と考えておるんだがな、まあ、そのへんはわからん。じゃが、そうしたお人は、障りのあり方がそもそも違うゆえ、薬が効きにくいんじゃ」

将翁はそう言いながらも、生薬を合わせて薬包を作っていく。加門も、それを手伝った。

「まあ、それでも」将翁は加門を見る。

「服《の》まないよりはよいであろう。効くとよいな」

「ありがとうございます」

加門は包んだ薬包を、胸元に掲げた。生薬の香りが鼻をくすぐった。


御庭番御用屋敷。

着流しの着物に帯を締め終わった加門の脚に、

「ちゅちうえー」

と、草助が飛びついて来た。

「まあ、いけませんよ」

千秋が子を引き剝《は》がして、町人姿の加門を見上げる。

「今日は公方様の寛永寺参拝なのですよね、町方に混じっての警護なのですか」

「いや、警護というよりも、お見守りだ」

将翁に出してもらった薬は意次に渡していた。果たして、あの薬が効くかどうか、気になってじっとしていられない。

「小刀《こがなた》をお持ちいたしますか」

「いや、いい。今日はただ付いて歩くだけだ」

加門は妻に微笑むと、廊下へと出た。

寺の参拝は巳《み》の刻（午前十時）に行われるのが通例だ。御成道《おなりみち》で早めに待っていたい。

にぎわう朝の町を抜けて、加門は外濠の縁に立った。濠の内側に筋違御門《すじかいごもん》がある。そこを抜けて橋を渡れば、上野までの道筋は、将軍参拝に使われるための御成道と呼ばれている。

道に立ち、御門を見つめていると、行列の先頭が現れた。槍持ちの中間《ちゅうげん》らが、ゆっくりと橋を渡ってくる。

「もうすぐ公方様が出て来るぞ」

横に立っている町人らのなかから声が上がった。

「お辞儀は面倒だから、行くか」

「そうだな」

そう言い合う男らに、別の声が上がった。

「まだ、大丈夫だ。あの御門の内には公方様専用の雪隠があるっていう話だぜ。今頃、使っているんだろうよ」

加門は声の主を小さく振り返る。したり顔で周囲を見回しているのは、若い町人だ。

「おう、そうとも」と、隣の男が相づちを打つ。

「なにしろ、小便公方《しょうべんくぼう》だ、今頃、袴を直しているんだろうよ」

加門は二人を目で捕らえる。

一人は鼠色《ねずみいろ》の着物、もう一人は茶色の細い縞柄《しまがら》の着物だ。どちらもこぎれいで、髷《まげ》も乱れがない。大店《おおだな》の手代《てだい》といった風情《ふぜい》だ。

鼠色の男が、おっと声を出す。

「出て来るぞ、行こう」

踵を返して、二人の男は裏道へと去って行く。

慌てて離れて行く者が多いが、そこに残った町人や武士らも少なくなく、地面に膝をつきはじめる。加門はうしろに下がり、裏道へと足を向けた。

町家が並ぶ道を抜け、御成道の先まわりをする。

広小路の手前で、加門は長い塀沿いに表へと進んだ。この辺りは数軒の武家屋敷が並んでいる。

再び御成道に出た加門は、近づいてくる行列へと首を伸ばした。物見高げな顔をした人々が、同じように行列を覗いている。

「きっとまた小便に行くぞ」

背後から声が聞こえた。

「あの武家屋敷に、公方様用の雪隠を作らせたそうだからな」

振り向くと、そこにいたのは鼠色と茶色の着物の二人だ。

「小便公方とは、よく言ったものだ」

周りから抑えた笑い声が起きる。が、すぐにそれがやんだ。皆、膝をつきはじめる。行列の先頭がやって来たのだ。

加門も同じように、膝と手をついた。

下げた頭の先を、行列がゆっくりと前を進んで行く。

しばし進んだのち、それが止まった。

「ほうら」声が洩れる。

「やっぱり小便だ」

将軍の乗物は武家屋敷の前に止まり、人の動く気配が伝わってきた。

薬は効かなかったか……。加門はぐっと唇を噛《か》んだ。

「てえへんだな、いちいち止まってたらよ」

「ああ、まるで子供だあな」

加門は思わず、首をひねり、二人を見る。

二人はにやにやと笑いながら、顔を見合わせていた。

やがて、行列は再び動き出し、目の前を過ぎて行った。顔を上げると、意次の背中も見て取れた。

人々も散って行く。

加門は早足で裏道にまわり、また行列の行く先へと足を向ける。

山の裾《すそ》には、広小路があり、そこを通れば、その先は寛永寺の境内《けいだい》になる。

広小路には多くの人が集まっており、御成行列を待っていた。

その人ごみに混じって、加門は行列を待った。さすがにここまで来れば、あとは大丈夫だろう……。

皆が近づいてくる行列に向かって首を伸ばすなか、加門は、はっと横を見た。

鼠色と茶色の着物の二人が、またいる。

なんだ、こやつらは……。加門は改めて、男らを横目で捕らえた。

鼠色の男が爪先立《つまさきだ》ちになった。

「小便公方様の御到着だ」

聞こえよがしの声に、周りも笑いを漏らす。

「小便公方だとよ」

「ああ、なんでもしっこが我慢ができねえらしい」

「おい、よせ、さっき同心を見たぞ」

失笑が広がる。

茶色の男は、笑顔で見まわした。

「なあに、本当のこった。あの公方様は口もまともにきけねえっていうじゃねえか」

加門は横目で男達を見続ける。行く先々で悪口《あっこう》を言いふらすとは、どういうつもりだ……。

人混みが動いた。

「おい、来たぞ」

やはり離れて行く者と平伏する者に分かれる。

二人も今度は皆に交じって、膝をつく。

行列は広小路を抜け、山に続く勾配《こうばい》を登りはじめた。

それを見送って、皆が立って膝を払う。

加門はそっと、二人の男に近づいた。この者ら、明らかに意図を持って悪口を言いふらしている。何者か……。そういぶかりつつ、鼠色の横に立ち、ぽんと肩を叩いて声をかけた。

「よう、兄さんがた、公方様はまともに口がきけねえってのは本当なのかい」

「おう、聞こえたか」男が立ち止まる。

「そうさ、そういう話だぜ。口は動くが、なにを言っているかわからねえそうだ」

「ああ」茶色の男が脇から身を乗り出す。

「なんたって、うちの旦那様から聞いたんだ。旦那様はお城に入れる御用商人だからな、城中のいろんなことを知っていなさるのさ」

「へえ」加門は目を見開いてみせる。

「御用商人か、そりゃ、確かな話だな。ってえことは、兄さん方もお城に入ったことがあるのかい」

「ああ、あたしは一度、荷物を運び入れるので入ったぜ。まあ、と言っても、一橋御門の内、そっから先は知らねえけどどな」

一橋……。加門は唾を呑む。

「それでもすげえや。じゃあ、一橋様の御用商人ってわけですかい」

「ああ、そういうことだ」茶色の男が胸を張る。

「うちの旦那様は、一橋様からじきじきにお言葉をちょうだいしているんだ。だから、お城のこともくわしいのよ」

「そうよ、小便公方様のこともな」鼠色の男が頬を歪《ゆが》めて笑う。

「あの公方様はな……」

そう言いかけた男の背後を見て、加門ははっと息を呑んだ。男に慌てて首を振る。

その男の肩に手が伸び、ぐっとつかんだ。黒羽織《くろばおり》から伸びた手は、男の肩をぐいと引いた。

「おい、なにを話している」

町奉行所の同心だ。腰には十手《じって》と朱房《しゅぶさ》も見える。

「そのほうら、先ほどから、不届きなことを言うていたな」

「あっ」

と、二人が顔を見合わせる。

同心は加門にも睨《にら》みを向け、

「番屋に来てもらおうか」

声を太くした。

「逃げろ」

茶色の男の声に、鼠色の男は同心の手を振り払う。と、左右に分かれて走り出した。

加門もすぐに踵を返して、走りはじめた。

「待て」

同心は腰の十手を抜き、三方を見る。と、足音を立てた。

「待たんか」

声が加門を追って来る。

加門は小さく振り返った。面倒だな、このまま逃げ切ったほうがいいだろう……。

裏道に入って、町家のあいだを走り抜ける。

置かれた木桶《きおけ》を飛び越え、走る。

丁稚《でっち》の少年を、するりと躱《かわ》して、路地を通り抜ける。

目の先は明るい。表通りだ。

あっ、と表に出る手前で、加門は止まった。先を大八車が塞《ふさ》いだのだ。

「こやつ」

同心の足音が背後に迫り、加門の肩に十手が振り下ろされた。

つっ、と肩を押さえて加門は身体をまわす。

再び振り上げられた十手を加門は下からつかんだ。

「御無礼」

そう言って、腕をひねる。

同心の身体が傾き、十手が地に落ちた。

「こやつっ」

同心の顔が赤くなる。

加門は右手を挙げると、姿勢を正した。

「お待ちください」

その町人らしからぬ振る舞いに、同心は動きを止めた。

加門は一歩、歩み寄り小声で告げた。

「公儀御庭番、宮地加門と申す。町方の噂を探っていたところです」

「は……」同心があとずさる。

「あ、あわわ……こ、これは、御無礼をいたしました」

慌てて腰を折って、ふかぶかと頭を下げた。

加門は落とした十手を拾うと、首を振った。

「いえ、お役目ご苦労様です。こちらも失礼をいたしました」

「あ、いや、その」十手を受け取って、同心は背筋を伸ばした。

「わたしは南町奉行所同心、三井勝之進《みついかつのしん》と申す。いや、知らぬこととはいえ、御用の最中に……ああ、これはとんでもないことを、肩は大事ありませんか」

慌てて加門の肩に手を伸ばす。

「いえ、大事ありません」

加門は目元を弛めた。

「では、これにて失礼を」

加門は一礼をして、表へと出た。


後日。

一件を話し終えた加門に、意次は首をかしげた。

「ふうむ、その二人、己の意思で悪口を言いふらしたのだろうか」

「いや、行列の行く先々でわざわざ聞こえよがしに言っていたのだ。おそらく、その商家の主《あるじ》に言われてやったのだろう」

「そうだな、そう考えたほうが腑《ふ》に落ちる。では、その主は……」

「うむ、一橋様に指示された、とも考えられる」

意次の目が天井を見る。

「まあ、真相はわからぬな。これは上様には告げずにおこう。いずれにしても、大御所様がおられなくなった今、徳川家の最高位は上様だ。さすがに、田安様も一橋様も、以前のように抗うことはなくなるだろう」

「そうだな。もはや、上様にご意見できるお方はいない、ああいや、月光院様《げっこういん》がおられるか」

加門は月光院が暮らす吹上の屋敷の方向を見やる。七代将軍家継《いえつぐ》の生母である月光院は、従三位《じゅさんみ》の官位を得ており、その権威を軽んじる者はいない。

「ああ、そうだったな」意次も顔を巡らせた。

「だが、最近は以前のように、本丸にもお出ましにならない。さすがにお年を召されて、勢いも衰えたかと思うが」

「うむ、そうであればよいがな。お年といっても大御所様より一つ下なだけであろう。女人は七十を超えてなお壮健、というお人もあるからな」

「む、そうか」

意次は腕を組んでうつむく。が、その顔をはっと上げた。

「おっと、そうだ」小声になって加門に首を伸ばす。

「これはまもなく、公布されるのだが、元号が変わることになったのだ」

「元号が……御上意か」

「ああ、今年は京に続いて越後にも大地震が起きたであろう。さらに大御所様の薨去だ。悪いことが重なったゆえ、元号を変える、と仰《おお》せになられてな、学者らに考えさせたのだ」

「決まったのか、新しい元号は」

「うむ、宝暦《ほうれき》となる」

意次は宙に指で書く。

「宝暦か」

加門はその指先を見つめた。

十月二十七日。

寛延から宝暦へと、改元された。

第二章　消えつ芽生えつ

一

宝暦二年九月。

縁側に座った父は、差し込む朝日を浴びて寝ている赤子の小さな手に、指を当てた。八月に生まれたばかりの、加門の長女鈴《すず》だ。

「やはり姫はかわゆいのう、見てみろ、この小さな口」

頬を指でつつきながら顔を上げる友右衛門に、加門も微笑んで小さな顔を覗き込む。

「口は小さめですが、泣き声が大きいので元気に育つはず。まあ、元気すぎて、千秋のようなおてんばになるのも心配ですが」

「なに、女《おなご》は元気なほうがよい」父は声を落とす。

「妻《さい》が家をしっかりと守っているから、男は安心してお役目に専念できるのだ。わたしとて、今はそう思うておるぞ」

友右衛門は一度、隠居した身だ。が、その後、吉宗が大御所として西の丸に移ったことで、数人の御庭番が吉宗付きとなり、友右衛門はその一人として、再び出仕《しゅっし》していた。が、吉宗の逝去《せいきょ》とともに、その役も解かれていた。今では隠居として、のんびりと暮らしている。

「おう、目を開けたぞ、そら笑った」

目を細める父に、加門は苦笑する。

「わたしが幼い頃には、父上はあまり子をかまわなかったと、母上は言っておられましたよ」

「む、それはお役目が忙しく……」真顔になったものの、すぐに父は頬を弛めた。

「いや、そうかもしれぬ。だが、周りの爺どもも言うておる。子供よりも孫のほうがかわいい、とな。わたしだけではないぞ」

「はい」加門は笑い出す。

「よく聞きます。年を重ねると、人の心のありようが変わるのかもしれませんね」

うんうん、と頷きながら、友右衛門は鈴の綿毛のような髪を撫でる。

「今年はよい年だ。世も平穏であったしな。やはり宝暦と元号を変えたのがよかったのかもしれん。そなたら、お城でもさしたる仕事はないであろう」

父の言葉に、加門は頷く。

「はい、なので医学所にも行けますし、吹上の御薬園の世話もできます」

「そうか、御薬園は大丈夫か。隠居暮らしには馴染《なじ》んだが、ときどき、薬草の世話がしたくなる」

友右衛門が城の方角に目を向けるのに、加門もつられた。

「御薬園は最近、忙しいのです。実は……」

言いかけて口をつぐむ加門に、父は片眉を寄せた。

「なんだ、なにかあったか」

はい、と加門は身体を父に寄せた。

「月光院様が伏せっておられるようで、奥医師やお女中が薬草をたくさん持って行くのです」

「月光院様か……まあ、お歳を考えれば無理もないとは思うが」父の眉がさらに寄る。

「そうか、いよいよかもしれぬな。そうなれば……」

口を閉じた父の思惑を解して、加門は眼で頷いた。

吹上の御薬園で、加門はたすきを掛けた。

台に干してあった蓬《よもぎ》を、かき集めはじめる。水気が飛んで軽くなった葉を籠《かご》に移していると、背後から人が近づいてくる気配に、手を止めた。

「宮地殿」

やって来たのは、月光院付きの奥女中だ。

「ああ、これは笹川《ささがわ》殿」

「もう、その蓬は使えますか」

「ええ、干し終わりましたのでお持ちになれますよ」

加門はそう答えながら、葉を指でつまみ、目の前に掲げた。

「秋を過ぎた蓬は葉が固いので、餅《もち》にするには使いにくいですが、大丈夫ですか」

「はい」笹川は小さく頷く。

「お餅は喉につかえてよくないというので、最近は召し上がりません。煎《せん》じて蓬茶にいたしますので、よろしゅうございます」

「そうですか、もうこれで今年の蓬は終わりです。あとは春を待つことになるので、大事にお使いください」

「春……」

笹川は顔を伏せる。

加門は顔をそらしながら、横目で窺った。大分悪いのだろうか……。

「蓬茶は身体を温め、血をきれいにすると言われています。食後よりも食前に飲まれるよう、月光院様におすすめください」

四角い竹籠にたっぷりの葉を移すと、加門は蓋をして差し出した。が、すぐに手を引いた。

「あ、いや、わたしがお持ちしましょう」

加門がそう微笑むと、笹川は「では」と会釈をして歩き出す。

加門はあとに続いて、月光院の屋敷へと向かった。

木立の向こうに、丸窓のついた瀟洒《しょうしゃ》な屋敷が見えてくる。屋敷を作らせた吉宗が、粗末にならないように命じたのだろう。本丸大奥から追い出すようなかたちになったため、気を遣ったに違いない。

あ、と加門は足を止めた。

すぐに笹川も止まる。

屋敷の玄関に向かって行く人影に気づいたからだ。

「田安様ですわ、少々、待ちましょう」

玄関でかち合わないように、笹川は遠慮を見せる。

玄関に向かっている宗武は、手に木箱を持っている。

「お菓子をお持ちになられたのでしょうか」

加門はさりげなく、笹川に問いかけた。

「ええ、多分。田安様にはお菓子やらお薬やらを、お持ちいただいているのです」

「そうですか、一橋様も見えるのですか」

「はい、田安様ほどではありませんが、ときどきは。ご自分でお作りなったというお菓子も、お持ちになりますよ」

「なるほど、本丸大奥でお育ちになられたお二方にとって、月光院様は母君も同然なのでしょうね」

加門は和《なご》やかな声で語りかけると、笹川も笑みを見せて頷いた。

「ええ、ご兄弟は月光院様になつかれて、それはかわいかったと、よく話されていました。情というのものは、決して切れないものなのですね。なれど……」

笹川の声がくぐもった。

加門は次の言葉を待って、横目で窺う。が、笹川の口は開かない。

宗武は屋敷の内に入って行った。

「なにか、気にかかることがあるのですか」

さりげなさを装って口を開いた加門に、笹川は息をひと吐きしてから頷いた。

「田安様が月光院様にご無理をさせようとしておられるようで、気になるのです」

「ご無理とは、どういうことでしょう。お身体に障るようでしたら、おとめしたほうがよいかと」

「ああ、いえ、それほどでは……田安様がなにかお書き物をお願いしているようなのです。以前、文箱《ふばこ》をお持ちになられて、それが枕元に置かれているのです」

「文箱ですか」

「はい、文箱などこちらにもあるのにわざわざ……」

「なにを書いてほしいと仰せなのですか」

「それはわたしどもにはわかりません。いつも人払いをされておりますから」

笹川は首を振る。

文箱か……おそらく遺言のようなものを書かせようとしているのだろう。「にとって都合のいい内容で……。そう忖度《そんたく》しながら、加門は笹川の横顔を見た。

「月光院様はお聞き入れになったのですか」

「あら、いいえ、それは……」笹川は声をひそめる。

「月光院様はもう、筆をお取りになろうとはなさらないのです。お手のお力も弱まっていらっしゃるので」笹川はさらに小声になった。

「あ、なれど、このことはここだけのこと、と」

「はい、承知しております」

頷く加門に、笹川は小さく肩をすくめ、

「では」と、加門の持つ竹籠に手を伸ばした。

「あとはわたくしが。かたじけのうございました」

いえ、と加門はそれを渡しながら、笑みを作った。

「ああ、そうだ。蓬の代わりになる枇杷《びわ》の葉を干しはじめました。まもなく使えますから、また取りにおいでください」

「まあ、そうですか。それはありがたいこと。ではまた……」

腰を折ってから、笹川は歩き出した。

加門は踵を返すと、枇杷の木へと向かった。

十日後。

干した枇杷の葉を集めている加門は、ふと首を巡らせた。

人が慌ただしく動く気配を感じたためだ。月光院の屋敷の方向だ。

そっと近づいていくと、屋敷から出る人と入る人が、どちらも小走りで行き違う。

出て来たなかに、笹川の姿があった。

「笹川殿」呼び止めて、駆け寄る。

「どうされたのです」

ああ、と笹川は顔を歪めた。

「月光院様が、お亡くなりに……」

九月十九日。その死が城中に伝えられた。


数日後。

本丸中奥の廊下で、加門はそっと声をかけた。

「意次、わたしだ」

すでに夜半であるため、周りはしんとしている。すぐに襖が開き、意次が加門を招き入れた。

「どうであった、月光院様の行列は」

月光院の棺は、子の家継と同じ増上寺《ぞうじょうじ》に送られて行った。

「うむ、とどおこりなくお城を出て行かれた」

「そうか、あのお方らも見えたのか」

「いや、田安家と一橋家からは供物《くもつ》などが届けられていたが、お見送りには宗武様も宗尹様も見かけなかったな」

「ふうむ、まあ、そんなものか……しかし、そなたが聞いたという文箱、あれはどうなったのだろう」

「ああ、それは一昨日、笹川殿が世話になったと御薬園に来たのでな、聞いてみたのだ。文箱は一度も使われずに、そのままだったそうだ。御遺言もなにも残されていないらしい」

「そうか」意次はほっと息をつく。

「安心した。上様を脅《おびや》かすような遺言を残されでもしたら、また悶着《もんちゃく》が起きるからな」

「ああ、宗武様は悶着を起こしたかったのだろうがな。月光院様は自らの衰えで、それどころではなかったのだろう。命が弱まっていくと、筆を持つことすら難しくなっていくものだ」

「ふむ、月光院様は長年、お元気であられたから、宗武様もこんなに早く衰えるとは思っていなかったのだろうな。で、急に衰えられて焦った、と」

「うむ、田安家は未だに跡継ぎの男子がいないから、気持ちも穏やかではないのだろう。宗尹様のほうには、三男も生まれたというのにな」

「ああ、それで長男御養子の恨みも和らいでくれるといいのだがな」

意次は腕を伸ばして菓子折を引き寄せると、加門に向けて蓋を開いた。

「そなた、宿直なのだろう」

「ああ、今日の葬送に合わせて、宿直にしてもらったのだ。そなたに早く報告したかったからな」

意次は月の大半を城に泊まり込んでいる。加門が宿直の夜には、ゆっくりと話し込んでも邪魔する者はいない。

加門は腕を伸ばして、息を吸い込んだ。

「しかし、これで上様を煩《わずら》わせるお方はいなくなったということだな」

「ああ、そうだな」意次の目元が弛む。

「大御所様に続いて月光院様もおられなくなった。これでもう、宗武様と宗尹様が泣きつけるお人はいない。上様にとっては、やっと平穏が訪れたということになる」

意次が笑顔で菓子をつまみ上げる。

「さ、食おう」

「おう」

加門はそれを受け取った。

二

年明けて宝暦三年一月。

医学所へと向かう加門の足は、速くなっていた。

松の内もとうに過ぎて、すでに中旬。正月半ばまでは城内も年始の行事で忙しく、町へ出ることは叶《かな》わなかった。年末、医学所を訪れたときに、将翁が風邪《かぜ》で伏せっていたことが、ずっと気にかかっていたのだ。

戸を開けて、上がり込むとちょうど廊下に出て来た海応《かいおう》と、かち合った。将翁が医学所の跡継ぎとして、頼みにしている医者だ。

「海応先生」加門は向き合う。

「いかがですか、将翁先生のごようすは」

「おう、風邪はだいぶようなったぞ。まだ、寝ていなさるがの。行ってみい」

はい、と加門は奥へと進む。

「先生、宮地加門、入ります」

襖を開けると、二人の顔がこちらを見た。

布団の中で上体を起こしている将翁と、横に付き添う浦野正吾《うらのしょうご》だ。ともに医術を学んできた正吾は、今では医者として忙しくしている。

「おっ、加門、来たか」

正吾は後ずさって、己の場所を空ける。将翁は手招きをする。

「うむ、こっちへ来い。正吾、そなたは表の診療部屋を、手が足りているかどうか見てきておくれ」

師の言葉に、正吾は「はい」と出て行く。

脇に座った加門は、持参した包みを開くと、菓子折を差し出した。

「献上品のよい菓子です。上からまわって来たので、持って来ました。お身体の具合はどうですか」

ふむ、と将翁は菓子を見て、微笑んだ。

「あとでもらおう。熱は下がったんじゃが、腹具合はもう一つでな」

「腹ですか、薬湯《やくとう》を作りましょうか」

「いや、海応が作ってくれて服んだ、大丈夫じゃ」

将翁は真顔になって、じっと加門を見据えた。

「この医学所は、海応が後を継いでくれる。じゃが、まだ修業中の者や見習いも多い。そなた、お役目もあろうが、わしがいなくなったら、時折は来て手伝ってやってくれまいか」

「な……」加門はぐっと息を呑む
「なにをおっしゃるのです。将翁先生にはまだまだ長生きしていただかないと」

「そんな顔をするな」将翁が笑う。

「八十をとうに過ぎておるんじゃ、いつ死んでもおかしくないわ。わしはとっくに覚悟ができておる。これ以上長生きしたいとも思うておらん」

加門は唾を呑み込んだ。将翁先生はいつまでも生きる、と思い込んでいた己の気持ちに気づいて、驚きを感じていた。

ははは、と将翁は大口を開ける。

「医術を学んだ者がうろたえるでない。命は生まれれば必ず終わる。わかっておるだろうが。それにそなた、二人目の子が生まれたのであろう。消える命もあれば、つぎつぎに生まれる命もある。それが自然《じねん》の理《ことわり》よ」

「はい……はい、ですが、大御所様も亡くなり、大岡越前守《えちぜんのかみ》様も亡くなり、さらに、とは」

　大岡越前守忠相《ただすけ》は、宝暦と改元された年の十二月にこの世を去った。

「ふむ、そうさな、越前様は残念であった。まさか、わしよりも先に逝かれるとは思うてなかったわい。吉宗公のあとを追われたのかもしれんのう」

「はい、城中にもそう申すお人らがいました。越前様の才を買われ、さまざまな改革をともに成し遂《と》げられた大御所様が去られ、あとを追われたのではないか、と」

「うむ、人の縁というのは、不思議なものじゃからなあ。まあ、そなたがここに来たのも縁、わしがこうして言葉を残すのも縁じゃ」

「残す、などと……」

「馬鹿め、起きている真《まこと》から目を逸らすでない。年を取るのも死ぬのも、悪いことではないぞ。そなたもいずれ、わかるだろうがな」将翁は目で笑う。

「年を重ねるとな、身体はいうことをきかなくなるが、気持ちは囚《とら》われがなくなるんじゃ。欲しいものが減ってな、欲がどんどんと消えてゆく。小さなことは気にならなくなるし、他人《ひと》のこともどうでもよくなる。その代わり、無垢《むく》なものが愛《いと》おしくなる。なかなか、いいもんじゃ」

「はあ、そういうものですか」

頷く加門に、「そういうものよ」と将翁も頷き返す。そこに、

「先生」正吾が戻って来た。

「人手は足りてました」

そう言って、するりと加門の横に座る。

「うむ、そうか」将翁は身を乗り出す。

「そういえば、加門、聞いたか、この正吾が妻をもらうそうだ」

え、と目を見開く加門に、正吾は手を振る。

「いや、まだ、決まってはおらんのだ、その、家のほうが反対してしておってな」

「えっ、反対とは……相手のことか」

加門は身を反らす。正吾は以前、夜鷹《よたか》の女を不憫《ふびん》がって、薬を届けたりしていたからだ。

「ううむ、まあそういうことだ。町方の女で三つの子供がいてな、その夫は病で死んでしまったのだ」

「そうか……そなた、不憫な女《おなご》に弱いからな」

「いや、そうではないぞ、おときちゃんは哀れみを乞うたりはせずに、茶店で働いて

いるのだ。笑顔が明るくて、不憫さなどない」

「ふむ」将翁が笑う。

「その健気《けなげ》さに惚《ほ》れたな」

「は、まあ」

　頭をかく正吾に、将翁は目を細める。

「では、家の反対に負けずに頑張《がんば》るがいい。強い意志は強固な槍《やり》と同じじゃ、途中で放り出したりしなければ、いつかは反対という盾《たて》を突き抜けることもできよう」

「そうでしょうか」

「そうとも。わしもな、行くと決めて、清《しん》まで行ったんじゃ。外国《とつくに》へ渡るは御法度《ごはっと》ゆえに、船が難破して流されたと嘘をついたがな、己の意志で行ったのよ。どうしても清の医術が学びたくてな」

「やはり、そうだったのですか」

　加門と正吾の声がそろう。それは弟子のあいだで、密かに噂されていたことだ。

「ああ、もう、お縄になることもあるまいから、隠さん」将翁は背を伸ばす。

「そなたらまだこの先が長い。ゆえに言うておく、成そうと決めれば、大体のことは成せる。邪魔をするのは、他人ではない、あきらめる心よ」

加門と正吾は、黙って頷く。

「では」正吾が口を開いた。

「わたしは己の意志を貫きます。ですから、先生、長生きしてわたしの婚礼に出てください」

将翁が目を眇《すが》めた。

「無理を言うでない。長年、医者をやってきたんじゃ、己の残りの命がどれくらいか、わからいでか」

二人は口をつぐむ。

「じゃがな、わしは怖れなどない」将翁はにっと笑って、若い二人を見る。

「そなたら、あの世は信じるか」

「あの世、ですか」

加門が首をかしげると、正吾も肩をすくめた。

「それは、なんとも」

「ふむ、わからんじゃろう。あるという者もいるし、ないという者もある。わしにもわからん。だからじゃや、面白いと思わんか」

「面白い、ですか」

加門の問いに、将翁は天井を仰《あお》ぐ。

「そうよ、死ねばあの世があるかどうか、わかるんじゃ。あるならば、一体、どんな所か、先に逝ったお人らに会えるんじゃろうか。こちらが年をとっていてもわかってもらえるんじゃろうか。ほれ、そんなふうに考えると、楽しみになってこよう」

「なるほど」

正吾のつぶやきに加門も続ける。

「確かに、そうですね」

「じゃろう、清国に渡るときにも、胸が躍《おど》ったもんじゃ。知らぬ国だからな。それと似たような心持ちよ。初めての旅じゃて、うずうずしておる」

胸を撫でる将翁の笑顔に、加門と正吾もつられて笑う。

「では、先生」加門がかしこまる。

「あの世があったら、またわたしを弟子にしてください」

「あ、ずるいぞ、わたしだって」

その二人に将翁は笑いを放つ。

「おう、よいぞ、ただし、ずっと先のことじゃ。二人とも、爺になってから参れよ、それまで待っておるわい」

かか、という笑いが、乾いた風のように流れた。


「馬鹿め、真を見よ」

そう声が聞こえて、加門は目が覚めた。

なんだ、と身を起こして、加門は辺りを見まわす。

隣の布団では草助と鈴が、小さな寝息を立てている。千秋はすでに台所に立っているのだろう。

朝餉を終えて、身支度を整えはじめた加門に、千秋が「あら」と声をかけた。

「今日は非番なのではないですか」

「ああ、だから医学所に行く」

加門は慌ただしく、町へと出た。

あの声は……。と、走るような早足で医学所へと向かった。

医学所が見えると、足は駆け出した。人が集まっている。

それをかき分けて入ると、

「ああ、加門、来たか」

と、正吾が手を上げた。

ごくりと唾を飲み込む加門に、正吾が頷いた。
「お見送りに間に合ってよかった、昨日、息を引き取られたのだ」
奥の部屋で、寝かされている姿が見える。
加門は口を押さえた。
喉が震え、顔が熱くなる。
「泣け」と正吾が肩を叩いた。
「我らも昨日は童《わらべ》のように泣いたのだ」
その言葉に、加門の喉が開いた。
せり上がる息を吐きながら、加門は目を袖で押さえる。
外からは、つぎつぎに集まって来る人の声が波のように伝わってくる。
一月二十六日、阿部将翁逝去。
その知らせは江戸市中に広まり、城にも伝えられた。

三

四月。

「これ、加門、足を押さえてくれ」

海応の指示に「はい」と応えて加門は患者の足首をつかむ。

医学所の診療部屋は将翁亡きあとも、患者がつぎつぎにやって来ていた。手伝ってやってくれ、という将翁の遺言は加門のなかで生き続けている。幸い、城中は平穏が続いているために、医学所に来ていても障りはない。

「よし、離していいぞ」

治療を終えた海応が額の汗を拭く。と、そこに、

「先生、海応先生」

戸口から大きな声音ともに、男がなにかを抱えて走り込んできた。

「ほお、なんじゃ、湊屋《みなとや》さんじゃないか」

膝をついた湊屋左兵衛《さへえ》は、腕に抱えていたものを差し出した。布にくるまれた赤子だ。顔が白く、息が弱い。

「よこしんしゃい」

受け取った海応が、赤子を置く。布と着物を開くと、あ、と海応と加門が声を漏らした。喉にうっすらと輪のような痣《あざ》が見て取れる。

「絞められたようですね」

加門のつぶやきに、海応は頷いて左兵衛を見た。

「どうしたんじゃ、この赤子は」

「はい、籠に入れられて捨ててあったそうです、上野《うえの》の裏道のお地蔵《じぞう》さんのとこに。使いに行ったうちの丁稚《でっち》が拾ってきまして、見たら首に変な痕があるし、弱ってるみたいなんで、とりあえずこちらに連れて来たというわけでして」

ふうん、と唸って海応は声を投げる。

「誰か、白湯《さゆ》と薄くした粥《かゆ》を持ってこい」

はい、とばたばたと足音が上がる。

すぐに運ばれた粥をしゃもじで口に持って行くと、赤子は口の端からこぼしながらも飲み込んだ。

「よし、喉を通った、これなら生きるじゃろう」

海応は、ほうと息を吐く。

「ああ、よかった……この赤ん坊、二歳くらいですかね」

左兵衛の言葉に、加門は赤子の手に触れながら頷く。

「そうですね、ですが、生まれてから七ヶ月ほどでしょう」

生まれたときが一歳、年が明けると二歳になるというのが年の数え方だが、赤子は育ち具合でだいたいの月数がわかる。左兵衛が頷く。

「七ヶ月……男の子で、首におかしな痕、と。いや、捨て子を拾ったら、届けなければお叱りをうけるもんで、そのあたりのことも、ちゃんと、自身番《じしんばん》に伝えます」

「伝える、となあ、待て待て、この子はどうするんじゃ」

海応が口を曲げると、左兵衛は手を振った。

「ええ、ですから、とりえずこちらで預かっていただこうと。そら、弱ってますんで、番屋に連れて行くというのもなんですから」

む、と海応は腕を組む。

「手当はしても、ここでは乳を飲ませられん。粥は食えても、まだ乳が必要な子じゃ、預かれと言われてものう」

「あ、では」加門が海応を見る。

「わたしが預かりましょうか。うちの子はもう九ヶ月になって粥も食べていますから、乳をわけてもかまいません。妻は乳の出もいいですから」

「そうか」海応が目元を弛ませる。

「それは助かる」

「へい、ありがとうございます」左兵衛も手を合わせる。

「いっそ御養子に」

いや、とうろたえる加門の横で、海応がぽんと手を打った。

「そうか、子をほしがっている家があるぞ。このあいだ、やっと生まれた子が死産だったのでな、跡継ぎがほしいと言っておるんじゃ」

「そうですか、なれば」加門はほっとする。

「とりあえず、ということでうちで預かります」

「ああ、わしは近日中に聞いてみる。そうさな、十日、いや七日ほど預かってもらっていいかのう。男の子じゃ、五月の節句前に渡すほうがよかろうて」

「はい、では八日後に連れてきます」

「ただいま、戻りました」

家の戸を開けると、すぐに母の光代が迎え出た。

「まあ、おかえ……」

足が止まると同時にその面持ちがみるみる引きつり、唇がぶるぶると震え出した。

「加門、そなた……」その指が加門の腕に抱かれた赤子を指す。

「そ、そのようなことを……そ、外で赤子を……」

光代は振り返って大きく口を開ける。

「旦那様、来てくださいませ、加門が……」

「いや、待ってください、母上」

その声を父の足音が消す。

「なんだ、どうしたというのだ」

そのうしろから、千秋も出て来た。

「か、加門が」光代が指さす手を揺らす。

「よその女《おなご》に子を……」

「なんだと、加門、そなた……」

父が気色《けしき》ばむ。

「いや、そういうことでは」

赤子を抱え込む加門を、三人が見つめる。

「母上」千秋が静かに進み出た。

「違うと思います」

「そうです、違いますっ」

加門が大声になる。と、その声に驚いて赤子が泣き出した。

「まあまあ、お腹が空いているのではないかしら」

赤子を覗き込み、手を伸ばした千秋に、

「そうなのだ、お乳をあげてやってくれないか」

加門は赤子を差し出す。

「ああ、よしよし、かわいそうに、すぐにおっぱいをあげましょうね」

千秋は胸に抱くと、そそくさと奥へと行く。

加門は、はぁと息を吐き、

「とにかく上がります、訳を話しますから」

加門は草履《ぞうり》を脱いだ。


八日後。

加門は朝だけ登城して、屋敷に戻った。

医学所通いは御下命であり、それは御庭番仲間も知っているため、城を抜けることに支障はない。

赤子を抱いて、医学所に向かう。

そこでは海応が待ち構えていた。

「おう、どうだ、赤子の具合は」

「はい、お乳をよく飲んで、肥えました」

丸く血色のよくなった顔を、海応に見せる。

「ほうほう、これなら喜んでもらってくれよう。あとで先方がやって来ることになっておる、これでひと安心というものよ。ああ、そうじゃ、それと」

海応は立ち上がって、「どうぞ」と隣の部屋に声をかける。

襖が開いて、現れた男の姿に、加門ははっと息を呑んだ。

相手は加門の目を受けて、しばし佇《たたず》む。と、あっと声を漏らした。

男は一昨年、上野への将軍御成行列の際に、加門を追いかけ、十手で打ちつけてきた同心三井勝之進だった。

驚きの面持ちで見下ろす勝之進に、加門は片目を細めて、小さく首を振った。その意図をくみ取り、勝之進は慌てて目顔で頷く。ごほん、と咳払いをすると、加門の隣に腰を下ろした。

「わたしは南町奉行所同心、三井勝之進と申す。捨て子の届け出があり、首に絞められたような痕があったと聞いたので、調べに来た。首を見せてほしい」

素知らぬふりに目顔で礼を返しながら、加門は「はい」と赤子を畳に下ろした。

「わしは行ってよいかな」

と、海応は出て行く。

加門はほっと息を吐くと、勝之進にささやいた。

「すみません、ここでは一介の医者見習いなのです」

「うむ、察しました。それもお役目ですかな」

「ええまあ、ずっと以前の御下命をそのまま今に」

「御下命」と、勝之進は姿勢を正した。

「直々《じきじき》に、ということですな。ああいや、御庭番は御下命で動く、とは聞いておりますが、ううむ、そうですか」

目を細めて加門を見る。御家人である同心は、お目見え以下であり、将軍の影すら見ることはない。

参ったな、と苦笑を呑み込んで、加門は赤子の首元を開いた。

「ここをご覧ください、もう薄くなってはいますが、ここに連れて来られたときには、もっとはっきりと輪のような赤い痕が残っていたのです。細い痕でしたから、おそらく紐《ひも》を使って絞めたのでしょう」

加門が指さす首を、勝之進はあわてて覗き込む。

「ふうむ、生きていたということは、それほど強く絞められたわけではない、ということでしょうな」

「そうですね、途中で怖くなった、あるいは哀れになったため、手を放したのでしょう。で、持て余して辻に置き去りにした、と。この子は元が丈夫だし、すぐに見つけられたので、うまく助かったのです」

「なるほど」勝之進は顎を撫で、眉を寄せた。

「いや、実はですな、ひと月ほど前にも、首を絞められた赤子がいたのです。深川《ふかがわ》の仙台堀川《せんだいぼりがわ》に捨てられておったのです」

「川に……ひどいことを」

「うむ、この子と大して変わらない、十ヶ月ほどの女の子でした。奉行所の検屍《けんし》で医者を呼んで調べてもらったところ、おそらく殺してから川に落としたのだろう、と言っていました。が、川で何日か浮き沈みしていたようで、はっきりとはわからなかったのです」

「そうですか、確かに生きたまま川に落とされれば、水を飲むし、肺の臓にも水が入りますが、殺してからならば、それはありません。しかし、何日か水の中にいれば、体中で水を吸ってしまうのでわかりにくくなりますね」

「ふむ、さすがお医者ですな」

「いや、これくらいならば」苦笑しつつ、加門は首をかしげた。

「ですが、赤子が続けて首を絞められるとは、見過ごしにはできませんね」

「そうなのです。親がやったのか、はたまた他人か……それを突き止めねばならぬのです」

加門はそっと赤子の頭を撫でた。

「このようないたいけな子の首を絞めるなど、どうしてできるのか」

「そうでしょう」勝之進は手を打つ。

「うちにも三人の子がありましてな、それはかわいい、いや、ですからこのような非道、許せぬのです」

「ええ、わかります。その科人《とがにん》、是非、捕まえてください」

加門の言葉に、勝之進はふむ、と鼻息を鳴らす。

そこに「おうい」と海応が廊下をやって来た。

「子をもらってくれる親御が着いたぞ」

背後から、夫婦が首を伸ばしながら付いて来ていた。

四

六月。

激しい風と雨が、雨戸を鳴らす。

その音に驚いたように、寝ていた草助が目を覚ますと、千秋は頭を撫でた。

「大丈夫よ、風が吹いただけ」

微笑んで目を閉じた草助から顔を上げて、千秋は加門を振り向いた。

「そういえば、あの赤ちゃんはどうしているのでしょう」

ん、と書物から目を離して、

「ああ、そうだった」と、千秋に向いた。

「話そうと思って忘れていた。先日、海応先生が親御の家に行ったそうだ。丸々と太って、元気であったと言うておられた。鶴松《つるまつ》と名付けられたそうだ」

「まあ、そうですか、よかったこと。時折、思い出しては気になっていたのです」

手を合わせる千秋に、加門も向きを変えながら頷く。

「うむ、そなたの顔を見上げて、よく笑っていたものな。先方は八百屋《やおや》でな、ゆくゆくは鶴松が八百屋の主《あるじ》だ。ずいぶんかわいがっているらしい」

「そうですか、捨て子で首にあのような痕までありましたでしょう、不吉な子と邪険《じゃけん》にされはしまいかと、心配だったのです」

「そうだったか、実はわたしも懸念していたのだがな、むしろ逆だった。子を渡すときに隠さずに首の痕を見せたのだ。したら、父親はこう言ったのだ。幼い頃に凶運を使い果たせば、大人になってから吉運ばかりとなりましょう、と」

「まあ、そんな考え方もあるのですね」

「うむ、おおらかそうな主であった。母御のほうもすぐに抱き上げてあやしてな、やさしげであったから、あの子は幸せに暮らしていけるだろう」

「それなら安心です。なれど……」千秋は目を宙に向けた。

「なにゆえに、あのような目に遭《あ》ったのでしょう。実の親御がしたのでしょうか」

　ふうむ、と加門は腕を組む。

「それはわからんな。だが、もともと江戸のみならずどこの国でも捨て子は多かった、と聞いたことがある。それどころか、老いた親や働けなくなった病人も、昔は平気で捨てていたそうだ」

「まあ、そうなのですか」

「ああ、それゆえ、綱吉《つなよし》公が生類《しょうるい》憐《あわ》れみの令を出されて、人を捨てることまかりならん、と御法度にされたということだ。それ以降、捨て子があれば届け出ること、町内で育てること、などが定められたわけだ。まあ、育ててもらえると思うと安心して捨てる親もいるから、捨て子はなくならないわけだが」

「まあまあ、なんということ」千秋は顔を歪める。

「せめて、もらい手を見つけるなりなんなり、すればよいのに」

「そうさな、豊かな家は子に金子《きんす》を付けて、もらい手を探すらしい。だが、貧しい家はそれができぬから、人目を忍んで置き去りにするのだろう」

ああ、と千秋は息を落とす。

「それは道理……なれど、金子を付けることができる家ならば、そこで育てればよいでしょうに」そう言って、すぐに首を振った。

「いえ、そうはできないわけがある、ということですわね」

「ああ、そういうことだろうな」

加門もほうと息を吐いて、並んですやすやと寝息を立てている幼子らを見た。

「こうして我が家で育てられるというだけでも幸せ、ということだ」

「あら、本当に」

千秋が微笑む。が、その顔がすぐに強《こわ》ばった。

雨戸が激しく鳴ったためだ。

「まあ、風がますます強くなって」

なにかが雨戸にぶつかる音もする。

「木の枝が折れて、飛んできたな」加門は立ち上がると、雨戸に寄った。

「おっと、雨水が浸み込んでいるぞ、千秋、雑巾《ぞうきん》だ、たくさん持って来てくれ」

はい、と千秋は廊下を駆け出した。


翌日。

雨風のせいで、御用屋敷の庭は、折れた木の枝が散乱していた。

それは城中も同様だった。門番などを務める伊賀者《いがもの》や石垣修理などをする黒鍬者《くろくわもの》、そして御庭番も加わって庭を片付ける。

あらかた終えた加門は、本丸の石垣から町を見下ろした。大雨の名残《なごり》で、水たまりが多くできており、それが強い日差しを受けてきらきらと光っている。

「すみません、医学所に行きます」

加門は断りを入れて、城を出た。

医学所は古いため、なにか起きていないか、心配になる。

「おう、加門、手伝ってくれ」

予期したとおり、浦野正吾が壊れた雨戸を直していた。

皆も襷掛《たすきが》けで、あちらこちらの修理をしている。

雨戸を直し終えた加門が額の汗を拭いていると、

「宮地殿」

と、呼ぶ声が近づいてきた。小走りでやって来たのは、同心の三井勝之進だ。

「ああ、これは」

会釈をする加門の間近にまで来ると、勝之進は顔を寄せて小声でささやいた。

「宮地殿、ご同行願えまいか」

「は、どちらにですか」

「深川の先です。検屍をお願いしたいのです」

「検屍」

と、返しつつ、周囲を見る。あらかた片づいたらしく、座って休んでいる者もいる。

正吾はいぶかしげな面持ちながらも、

「なんだ、用事があるなら行ってもよいぞ」と、頷く。

　加門は襷を外して、急いだようすの勝之進のあとに続いた。東へと進み、すぐに大《おお》川《かわ》（隅田川）に出た。

　広い川面は水が茶色く濁り、勢いよく流れている。それを見ながら両国橋《りょうごくばし》を渡った加門は、先を歩いていた勝之進の隣に並んだ。

「どこへ向かっているのですか」

「横十間川《よこじっけんがわ》です」

　深川を南北に流れているために、城からは横の位置になる。幅が十間であることから、その名で呼ばれている川だ。町のにぎわいからは離れ、辺りは野原や田畑も多い。

　川の端に来るとそこに人の輪ができていた。

「どいてくれ」

　それをかき分けると、勝之進は加門を前へと押し出す。

　あっ、と加門は地面を見て、声を漏らした。泥まみれの赤子が横たわっていた。すでに息をしていないのは、上からでも見てとれる。

「さあさあ、みんな下がってくれ」

　番屋の下役らしい男が、人垣を遠ざけた。

　しゃがんだ勝之進につづいて加門も横に並ぶ。目の先の川は、濁った水面を荒立てながら、流れている。

勝之進はそれを顎で示しながら、加門を見た。

「昨日の濁流に投げ込まれたのではないか、と思うのです。上《かみ》には小名木川《おなぎがわ》と竪川《たてかわ》がありますから、そちらから流れ込んだのかもしれない。そもそも大川からそちらに流れてきたのかもしれない。下《しも》には仙台堀川がありますが、まさか逆流はしないでしょうから」

「なるほど」加門は顔を背けたくなるのを堪《こら》え、亡骸《なきがら》を見た。

「生まれて半年ほど、というところでしょうか」

「ええ、わたしもそう思います。で、気になったので、首の泥を拭いたのですが、絞められたような痕は見えない。どうですか」

促されて加門は顔を近づけた。赤子は着物を身につけておらず、泥の下に肌が見えている。男の子だ。

「そうですね、痕はありませんね。しかし、溺《おぼ》れたとも思えない。水は飲んでいないようです」

加門はそっと胸と腹を押す。

「む、そうですか」勝之進は腕を組んだ。

「すると、死んだあとに投げ込まれた、ということですかな」

加門は伸ばしていた手を顔に移す。と、その指を小さな口に入れた。

「いや」加門の眉が寄る。

「これは……」

険《けわ》しくなった面持ちに、勝之進は身を乗り出す。

「なんです」

「この赤子は、生きたまま土に埋められたのです」加門は赤子の口を指で開いた。

「ごらんください、口の奥にまで土が詰まっている、鼻にもだ。苦しくて口を開いたために、土が入ったのです」

え、と勝之進は自らの手を赤子の口に入れた。

「本当だ、土が……これは、なんということ……」勝之進は目を剝いて加門を見る。

「すると、昨日の濁流に投げ込まれたのではない、ということですな」

加門はそっと、小さな頭に張り付いた髪を指で引っ張った。するりと髪が抜ける。

「傷み具合からして、死んだのは昨日ではありませんね」

加門はその髪を勝之進に示す。

「死んだ、いや殺されたのは、数日前。おそらく河原に埋められたのでしょう。それが、昨夜の大雨で河原まで水があふれ、掘り返されてしまった。そして、水に流されたのだと思います。小名木川も竪川も船の行き来が多いですから、そちらの河原ではないでしょう。この川の上流、あるいはそこにつながる堀川端に埋められたのだと考えられます」

「なんとっ」

勝之進は勢いよく立ち上がり、上流を睨みつける。

加門は川に近づくと、泥と髪の付いた指をすすいだ。

そこに背後から声が上がった。

「みんな、下がれ、どけ」

また、番屋の下役の声が上がる。

あ、と勝之進は一歩下がり、加門に目配せをする。

人垣をかき分けて、別の同心が近づいてくる。そのうしろには、剃髪《ていはつ》して僧侶《そうりょ》の形《なり》をした男が付いて来る。医者だ。阿部将翁の医学所では僧形《そうぎょう》をとらないが、医者は僧侶の形をするほうが多い。かつては僧が医者を兼ねていたためだ。

「なんだ、三井殿も来ていたのか」

やって来た同心は、ちらりと勝之進を見たが、そのまま進んで行く。

勝之進の目顔で、加門もうしろに下がった。

僧形の医者は赤子の亡骸を見下ろし、傍らの同心になにやら話している。

勝之進はさらに加門の袖を引いて下がると、そっと耳にささやいた。

「あの医者に検屍を頼むことが多いのですが、わたしは信用しておらんのです。遺体にまともに触ろうともしないし、言うことも大体が同じ。ゆえに、わたしは宮地殿にお頼みしようと、思いついたのです」

なるほど、と頷く加門に、勝之進はさらに続ける。

「同心も同心、仕事が増えるのは面倒だからか、殺しを疑わせる遺体でも、医者と話を合わせて、ことなきで終えてしまうのです」

そうなのか、と驚きを飲み込みながら、加門は口をつぐんだ。

勝之進はぐっと拳《こぶし》を握る。

「これまではわたしが意見を言うても、相手にしてもらえませんでした。しかし、このたびは違う。宮地殿の所見をもって、己の見立てをはっきりと言います。わたしはこのような悪事、見逃しにはしませんぞ」

勝之進は胸を張る。

「ああ、なれば」加門はささやく。

「産婆《さんば》を当たるといいでしょう。赤子の左肩には真ん丸の黒い痣《あざ》がありました。取り上げた産婆なら、覚えているかもしれません。どこの子かがわかれば、探索の糸口になる」

おお、と勝之進は目を見開いた。

「なるほど」うんうん、と頷く。

「いや、さすが御庭番。ご教示、かたじけのう存じます」

僧形の医者が同心に向かって、口を開いた。

「川に投げ込まれ、溺死《できし》したのですな」

「そうですか」

と、同心は子を布で包むように下役に指示を出す。

「ほうら、やっぱり」勝之進はつぶやき、

「わたしは今度こそ、己の意見を言いますよ。これも宮地殿の所見のおかげ」

姿勢を正して礼をしようをする勝之進を、加門は「いえ」と手で制した。

「あの、報告書に検屍の所見を書く折には、わたしの名は御庭番でなく、医学所の医者見習いとしてお書きください」

「お、そうでしたな……しかし、見習いと書けば軽んじられる、医者でもかまいませんか」

「ああ、確かに……はい、おまかせします」

「は、助かります」

勝之進は結局、深々と礼をした。

半月後。

江戸の町に、人々を驚かせる話が広まった。

「赤ん坊が生きたまま埋められたんだってよ、おっかないねえ」

「そんなことをするやつぁ、人じゃねえな」

「ああ、鬼だよ、鬼」

「さっさと捕まえてほしいもんだよ」

五

九月。

大伝馬町の医学所。

診療の終わった部屋を片付けながら、加門は正吾に寄って行った。

「そういえば、そなた妻《めと》を娶る話は進んでいるのか」

「いや、それが」正吾が肩をすくめる。

「しばらく前に、父は茶店でおときちゃんに会ってくれてな、気に入ってくれたのだ。気立てがよい、とな。だが、母や兄妹らは会おうともしてくれん。町人を妻にするなど、武家の体面に関わるというのだ」

「ふうむ、いかにもだな、が、わからないでもない」

「ううむ、しかし、わたしはすでにただの町医者。体面もなにもあったものではない、というのに。嫁いだ姉でさえ、婚家に面目が立たない、などと言うのだ」

「武家というのは体面にこだわるからな、面倒でもあり、厄介でもある」

「うむ、いっそ……」

正吾が口を結ぶ。

それを見つめる加門に、廊下から声がかかった。

「宮地先生、お客人ですよ」修業中の若者がそっと近づいてくる。

「黒羽織の同心です。三日前にも訪ねて来ていたんです」

あ、と加門は正吾の肩を叩き「またな」と、廊下へと出た。

戸口に立っていたのは、やはり三井勝之進だった。

「や、おられましたな」

笑顔になった勝之進に、

「こちらへ」

加門は庭の奥へと案内する。戸口で立ち話などして、医学所に不届きがあったかと思われたらたまらない。

縁側に腰を下ろすと、勝之進は早速口を開いた。

「宮地殿に教えられたとおり、産婆を訪ね歩いたのです。いや、江戸の町にあんなに産婆がいるとは思わなかった。おまけに、なかなか口が固いのです」

「へえ、そうですか。けれど、考えてみれば、赤子や母御のことを軽々しく話したりすれば、信用を失うでしょうし、そうすれば呼ばれなくなる。産婆にはそれなりの決まり事があるのでしょうね」

「ふむ、わたしもじきにそう思い至りました。ですから、同じ産婆をいくども訪ねたりなどしましてな、やっと、探り当てたのです」

「あの赤子の身許がわかったのですか」

「ええ、吉原《よしわら》近くの産婆でした。千住《せんじゅ》の船宿で、客が産気づいたから、と呼ばれたそうです。若い女《おなご》で、取り上げた男の子の左肩には、真ん丸の黒い痣があったそうです」

　眉を寄せる勝之進に、加門も顔を歪める。

「船宿の客、ですか」

「そう……宿の名はなんとか聞き出して、訪ねていったのですが、行きずりの客であったから、そのあとは知らないと言うばかり。なので、宿帳を出させたら、志村《しむら》の百姓吾作《ごさく》の娘およねと記されているのを指して、これだ、と」

「ふうむ、志村の百姓の娘が、わざわざ江戸で子を産むでしょうか」

「そうでしょう、わたしもそう思ったのですが、一応、行きました、志村に。だが、吾作という男は歯の抜けた爺さんだったし、およねと名のつく女は婆さんと子供。子を産んだという娘などいなかったのです」

　ふん、と鼻息を鳴らす勝之進に、加門は頷く。

「それはきっと嘘でしょう。その女は船宿縁《ゆかり》の者なのではないですか」

「おう、そのとおり」勝之進は手を打つ。

「その後、船宿の周辺を探ったところ、三人の娘がいることがわかりましてな、上の娘はすでに嫁に行き、下はまだ十四、真ん中が十八の娘ざかり。で、この娘がどうやら悪い男に弄《もてあそ》ばれたようだ、という噂を得たのです」

「なるほど、で、男は子ができたと知るとさっさと姿を消した、と」

「ええ、おそらく」勝之進は口を曲げる。

「子を産んだのはその娘に間違いない、と睨んでおります。ですが、宿の者に聞いても、知らぬ存ぜぬで、誰もがとぼける始末。結局、認めた者はおりません」

「それは」加門は腕を組んだ。

「しかたのないことでしょう。男にだまされて子を産んだことが知れ渡れば、その先の嫁入りに差し支えるのは必定《ひつじょう》。なかったことにしたい、という気持ちはよくわかります」

「うむ、そうなのです。うちにもまだ幼いなりに娘がおりますから、それはよくわかる。しかし、そこで赤子をたぐる糸が切れてしまったのです。そんな子はおらぬ、と言われてしまえばそこまで。宮地殿」勝之進はぐいと顔を寄せた。

「この先、どのような手を打てばよいと思いますか」

　ううん、と加門は上を見る。

「そうですね、赤子はどこに行ったのか……よくあることでは親戚に預ける、あるいは信用のおける者に口を利いてもらって里親を探す、と。だが、親戚や近しい口利きであれば、殺したりはしないでしょうね」

「ええ、わたしもそれはないかと」

「そうか」と加門は手を打った。

「船宿であればゆとりはありそうだから、金子を付けてもらい子に出した、とも考えられますね」

「ううむ、それは考えられます。だが、その先がわからんのです」

「そうか……子はいないと言い張る限り、誰かに託したとしても、相手を明かすことはないでしょうね」

加門が頷くと、勝之進は、はぁ、と溜息を吐いた。

「やはり、地道に探索するしかないということですな」

加門は勝之進の肩を叩いた。

「いや、ここまでわかったのだから大したものです。探索というのは地道なもの、それは我らとて同じですよ」

「そうですか」勝之進の顔が弛む。

「いや、御公儀御庭番のお方にそう言われると、励みになります」

「あとは焦らないことです」加門は笑みを見せた。

「あの赤子が生きたまま埋められたということは、町中に広まったのですから、手を下した者は、しばらくは身を潜めるでしょう。次に動きが出るのを待ったほうが、手がかりを得やすくなるかもしれない」

「なるほど」勝之進は頷く。

「そうか、わたしは己の意見が通ったせいで、早く手柄を上げねばと気負っていました。宮地殿のご教示に従って、急がぬことにします。いや、かたじけない」

勢いよく立ち上がると、勝之進は深々と頭を下げた。


江戸城本丸中奥。

夜更け。意次の部屋で、加門は手渡された柿に嚙《かじ》りついた。

「お、甘いな」

「ああ、西国からの献上品だ」意次も歯を立てる。

「そういえば、西のほうは大変らしい」

「む、なにかあったのか」

「そら、八月に大雨が降ったであろう。江戸の川も氾濫《はんらん》寸前だった。あの雨で、美濃《みの》の河口辺りが大洪水に見舞われたそうだ」

「美濃か、木曽川《きそがわ》や長良川《ながらがわ》が流れているのだったな」

「そうだ、もう一本、揖斐川《いびがわ》というのもあって、三川が河口では細い流れでつながっているらしい」

「ああ、だからか、あの辺りはたびたび洪水が起きたという話が伝わってくるな」

「そうなのだ。で、こたびはとくに被害が大きかったそうで、御公儀に治水のための堤《つつみ》を造ってほしい、という嘆願が届いたのだ」

意次は身をよじって、背後の棚から地図を取り出した。

地図には木曽川、長良川、揖斐川の三川が海の近くで集まっている図が描かれている。網の目のように流れが入り組んでおり、小さな島が点在している。

「ああ、これはすごいな」

加門は思わず声を上げた。

「そうであろう、水が出ればひとたまりもない。ゆえに、享保《きょうほう》の頃、吉宗公は治水に長《た》けたお人を美濃郡代《みののぐんだい》として派遣したそうだ。そのお人はくまなく一帯を巡って、どのように堤を築けばよいか、図面を作って出したというのだ」

「へえ、大したお方だな。だが、あの頃、大きな普請が行われたという話は、聞いた覚えがないぞ」

「そうなのだ、なにしろ、御公儀の御金蔵は隙間だらけ。そんな大規模の普請をする蓄えはなかった、ということらしい」

「それはそうか、我らは十代だったが、倹約令の厳しさはよく覚えているものな」

加門の苦笑に、うむうむ、と意次も頷く。

「その後の延享四年（一七四七）に、二本松藩《にほんまつはん》に御手伝普請《おてつだいぶしん》を命じたそうだ。公儀の普請を手伝う、という形だな。そこで堤の一部はできあがったのだが、小さな普請であったゆえ、その後も洪水は起き続けているということだ。洪水は夏場に起きるゆえ、周辺の米がだめになり、年貢《ねんぐ》も納められない。さらに百姓衆は飢《う》えに見舞われる、という状況らしい」

「それは、大変だな」

加門の脳裏に、これまで接した百姓衆の顔が甦《よみがえ》った。子供らは皆手足が細く、肌つやが悪かった。大人とて太った者に会ったことがない。

地図を見下ろしていた意次が、顔を上げた。

「嘆願書をお読みになって、上様は考え込まれておられた。大御所様が亡くなられてから気落ちされて、表のことにはあまりご関心を示されなかったのだが、こたびは違ってな、老中方を集められたのだ」

「ほお、そうなのか、それはよかった」

加門は家重の姿を思い浮かべた。大御所であった父を亡くしてから、家重は覇気を失っていた。呼び出しも御下命もなく、目通りすることもなかった。遠くから姿を見て、気鬱《きうつ》の気配を感じたものだった。

少しは回復されたのかもしれない……。と、ほっとした面持ちになった加門に、意次も目元を弛める。

「大御所様がいなくなられて、今は一番上に立っておられる、というご自覚をお持ちになられたのかもしれない。嘆願書に対処せよ、と命じられたのだ」

「へえ、では、五人の老中方は動かれているのか」

「ああ、といっても、そう簡単には決まらぬだろう。なにしろ、普請の規模が大きすぎる。今は、しばしばお集まりになって、話し合っておるよ」

意次は新たな柿を差し出す。

加門はそれに歯を立てながら、眼を上に向けた。

「せっかく去年、宝暦二年は無事に過ぎたのにな。今年は洪水か。この先はなにもないといいがな」

「まったく、それを願うぞ」

意次が片目を細める。

柿の汁が、互いの口を光らせた。
それからしばらくのち、年の暮れ、十二月。
御公儀は薩摩藩《さつまはん》に命《めい》を下した。
三川治水のための御手伝普請をせよ、という御下命だった。

第三章　波乱の地

一

年明けて宝暦四年、三月。
中奥の小部屋で、加門は姿勢を正して襖を見つめていた。
久しぶりの将軍からのお呼びだ。
耳が足音を察知する。
おや、この響きは……。思ったとおり、襖を開けたのは意次だった。
「すまん、待たせたな」座ると同時に、両手に抱えた紙の束を広げた。
「あらかじめ説明しておくように、言われたのだ」
「はっ」とかしこまる加門に、意次は笑う。

「やめてくれ、面倒はなしだ。まず、これだ」

意次は以前、加門に見せた美濃の三川の地図を示した。

「薩摩藩に御手伝普請を命じたのは知っているだろう。二月から普請がはじまったのだ。水量の少ない時期にやるのが定石《じょうせき》だということで、五月まで続けて、雨の多くなる時期には休み、また秋から再開するそうだ。堤を築いたり、堰《せき》を造って川の流れを変えたりと、広い範囲で何箇所も行うそうだ……」

意次は地図を示して説明し、下に積まれた書類も開いていく。

「それと、こちらは命じた内容と、指示書の写しだ。普請の総奉行には勘定奉行《かんじょうぶぎょう》の一色周防守《いっしきすおうのかみ》様が任じられてな、こうして見積もりや指示書を整えたのだ。ずいぶんと細かく、決まり事を並べてある。そなたなら一度読めば頭に入るであろう」

む、と手に取って、加門は読み込んでいく。

意次は黙って、その真剣な眼差しを見つめた。

しばしの時をかけて読み終えた加門は、ふうと息を吐いて、書類を置いた。意次はそれを待ち構えていたかのように口を開いた。

「老中方は薩摩に任せると決めたわけだが、なにしろこの普請は規模が大きい。人手も千人近くが必要とされているのだ。一色様はかかる費用を十万両ほどとしているが、それですむとは思えない」

「ううむ、十万両という額はピンとこないが、普請ははじめてみなければわからぬ、ということも多いだろうな」

「ああ、おそらくは。ゆえに、上様は滞《とどこお》りなく進むかどうか、ご懸念をお持ちなのだ。実はな、この御下命が薩摩に伝えられた折には、とてもできぬ、と反対する者が多く、御公儀と戦うこともやむなし、という声が上がったという噂も聞こえてきている」

「そうなのか」

「うむ」

頷いた意次は、その顔を伏せて後ろへと下がった。

襖の向こうに人の気配が立ち、すぐに開いた。

家重と大岡忠光が入って来る。

平伏した加門の耳に、家重の声が届く。

くぐもって不鮮明な声だが、加門はすでに聞き取れるようになっていた。面《おもて》を上げよ、と言っているのがわかる。

は、と顔を上げた加門に、忠光が、

「話は聞いたか」

　と、尋ねる。

「はい、ただいま……田沼主殿頭《とのものかみ》様より、仔細、承《うけたまわ》りました」

「うむ、それでだ、宮地加門、上様はそなたに普請の現場を見て参るようにと仰せなのだ。うまく進んでいるか、なにか問題は生じていないか、ということをな」

「はっ」と加門は顔を小さく上げて、家重に頷いた。

「御下命、謹《つつし》んでお受けいたします」

　うむ、と家重も頷く。と、隣の忠光に向いて口を動かした。頷いた忠光が、加門に向く。

「ともに組む相手は、あの絵のうまい吉川栄次郎《よしかわえいじろう》にせよ、と仰せだ。上様は二川のようすは地図でしか見ておられぬゆえ、よりくわしい絵がご覧になりたいのだ。そなたからあの者に伝えるように」

「はっ、承知いたしました」

　加門は再び、平伏した。

「頼んだぞ」

　忠光が穏やかに声を返し、傍らの将軍も小さく頷いた。

東海道《とうかいどう》を、加門と栄次郎が歩く。

着物を尻ばしょりして、股引《ももひき》をはいた足には草鞋《わらじ》。背に小さな荷を負った町人の旅姿だ。ともに脇差しを腰に帯びている。

周囲に広がる田畑を、栄次郎は首をまわしながら見ては、声を上げていた。

「見ろ、鶏《にわとり》がいるぞ。ああ、ひよこもいっぱいだ」

屈託のない栄次郎に、加門はそっと近寄るとささやいた。

「もうすぐ尾張《おわり》だ。川に着けば、物見遊山《ものみゆさん》は終わりだぞ。今のうちに言っておくが、薩摩は手強いらしいからな、気を抜くなよ」

「手強い、とはなにがだ」

面持ちを変えた栄次郎に、加門は片目を細める。

「父に聞いたのだが、昔から、薩摩に入った隠密で生きて戻った者はいないそうだ」

ぐっと栄次郎が喉を詰まらせる。

「そ、それはどういうことだ」

「うむ、おそらく薩摩には隠密が多く、皆、鍛錬《たんれん》がなされているのだろう。よそから入り込んだ隠密はすぐに見破り、命を奪う、ということだ」

「そ、そうなのか」

「ああ、父は紀州《きしゅう》にいた頃に、伊賀《いが》のお人に聞いたと言っていた。戦国の世から、伊賀の者はさまざまな大名に雇われていたから、なかには薩摩に放たれた者も当然いたはずだ。が、誰も戻らなかった、ということだ。気を引き締めねばならん」

　ううむ、と栄次郎の顔が歪む。

「そうか、わかった……しかし、なにゆえに御公儀は、薩摩に御手伝普請を命じたのだろう」

「それは七十七万石の大藩だからだろう。小さな藩では、とても大きな普請など手伝えるものではない」

「ふうむ、それは道理。だが、城中では薩摩の力を削《そ》ぐためであろう、という話も聞いたぞ」

「ああ、それもあるかもしれないな。老中方は皆、家康公以来の譜代《ふだい》、薩摩に対しては未だ警戒心を持っていても不思議はない」

「うむうむ、それだ。わたしは以前、聞いた話を思い出したのだ。そら、豊臣秀頼《とよとみひでより》は、大坂城落城のさい、密かに逃げ延びたという話があるだろう。真田《さなだ》に守られて、城を抜け、船に乗って行き着いた先が薩摩だ。そこで匿《かくまわ》れ、名を変えて一生を過ごしたという話、そなたは聞いたことないか」

「ああ、子供の頃、道場で兄弟子らから聞いたな。薩摩には真田や秀頼の墓と伝わるものがある、というやつだろう」

「そう、それよ。わたしは京に伝わる手鞠歌《てまりうた》というのも聞いたぞ」

そう言って、栄次郎は息を吸い込むと、歌声を放った。

「花のようなる秀頼様を〜、鬼のようなる真田が連れて〜、退《の》きも退いたよ、加護島《かごしま》へ〜」

顔を揺らして歌う栄次郎を、加門が覗き込む。

「その節はあっているのか」

「わからん」栄次郎は笑って首をひねる。

「あ、そうか、わかったぞ」

栄次郎は立ち止まって加門を見た。

「その噂を聞いた徳川方が、真相を探るために、薩摩に隠密を放ったに違いない。が、誰一人戻っては来なかった。な、それだと腑に落ちる」

「ふむ、なるほど」加門は栄次郎をまじまじと見返す。

「確かに、あり得ない話ではないな。まるで戯作《げさく》のように面白いが、真というのは、むしろ、作り話のように見えるものかもしれないな」

「そうだろう、実記や公記などというものは、案外、嘘が多いとわたしは睨んでいるのだ。書く者は、己の側に都合よく記すに決まっているからな。かえって面白おかしい語り伝えのなかに、真が含まれているのかもしれないぞ」

栄次郎は手を振って歩き出すと、自分で頷いた。

「うん、面白い話だ。戯作本になったらわたしが絵を描きたいものよ」

「気楽なやつだ」

加門はそう言いつつも笑いを浮かべ、横に並ぶ。背に負った竹籠のなかで、筆がはねて音を立てた。

栄次郎も荷を揺らしながら、笑顔を広げた。

「しかし、筆墨売《ひっぽくう》りとは、いい手を考えついたな。前にやった薬売りのときには荷物が大きいし重いしで難儀したが、これは軽くていい」

「ああ、こたびは長道中だからな、考えたのだ。江戸の筆は評判がいいから、西に売りに行くのもおかしくはあるまい。で、京で香を仕入れて帰る、という旅だ」

「京まで行くのか」

「まさか、作り話だ。こうして話を作っておかないと、人と言葉を交わしたときにほころびが出るであろう。ちゃんと覚えておいてくれよ」

「おう、そうか、承知した。では、またそなたは加右衛門《かえもん》でわたしは栄吉《えいきち》だな」

「ああ、それでいこう」

加門は頷いて、前を見る。

道の先に、尾張の町が見えはじめていた。

二

木曽川の堤に立って、広がる河口の景色を二人は眺め渡す。

川の流れがいく筋にも広がり、斜めや横、四方八方にもつながっているさまは網の目のように見える。

「川の中に村があるんだな」

周囲を川に囲まれた地に、高い堤で囲まれた土地があり、家が建っている。

「ああ、輪中《わじゅう》というのだそうだ。水が出たときのために、ああして高い堤を築いて守っているのだ。が、それでも堤を超える大水が出れば、なにもかも流されてしまうらしい」

なんと、と栄次郎は溜息を吐く。

「それは難儀なことだ。なんとかしてくれと、嘆願するのも無理はない」

川岸では多くの男達が石を運んだり、土を盛ったりしているのが見える。

「侍と百姓が、ともに働いているのだな」

「ああ、侍は薩摩藩士だ。薩摩からだけでなく、江戸勤番《きんばん》の藩士も含め、千人近くが集められている。百姓衆は在のお人らだ。御公儀は、町で雇わずに、地元の百姓衆を使うように指示を出している。その報酬で百姓衆を救うのが目的だ」

「なるほど……しかし広いな。向こう岸はずっと彼方《かなた》、おまけに遥《はる》か上流までこの調子ではないか」

「ああ、だから、大きな普請場は四箇所に渡り、一之手から四之手までに分かれている。この尾張寄りの川は二之手だ」加門は城で見た地図を頭の中に甦らせた。

「行ってみよう」

二人はゆっくりと堤を降りていく。

岸辺では、一人の侍が図面を広げて筆を動かしていた。公儀からは三十八人の役人が送られてきている。

その一人だろうか、と加門は間合いを取りながら見る。と、その侍がこちらを見た。

「そのほうら、岸に近づいてはいかん。普請の最中であるから危ないぞ」

「はあ、さようで。あたしらは筆墨売りでして、江戸から京へと行く途中なんでさ。お侍さん、筆はご入り用じゃありませんか」

加門は男が手にした筆を見る。毛先が広がっているのが、遠目でもわかっていた。

「ほう、筆か、それはちょうどよい。どれ、見せてくれ」

へい、と加門は背の荷を下ろして、筆の入った籠を開けた。

「これなど、墨含みがよくて、書きやすいと評判でして」

ふむ、と手に取るが、それをすぐに戻した。

「今は持ち合わせがない。そなたら、この辺りに泊まるのであれば、夕刻、訪ねて来てくれまいか。わたしは五明《ごみょう》輪中の百姓彦八《ひこはち》の家に止宿《ししゅく》しておる。迷ったら、内藤《ないとう》十左衛門《じゅざえもん》はどこかと聞けば、教えてくれよう」

「へい、承知しやした」

そこに一人の男が小走りに来た。

「内藤様、あっちで呼んでます」

「うむ、伊兵衛《いへえ》、これを預かっていてくれ」

内藤は手にしていた筆と紙を伊兵衛に渡し、早足で川辺へ向かった。

「伊兵衛さんとおっしゃるんですね、あの内藤様はお役人ですか」

加門の問いに、伊兵衛は「おっ」と目元を弛めた。

「あんたら、江戸から来たね。あたしも正月まで紺屋町《こんやちょう》にいたんだ。いや、江戸言葉たあ、懐かしいね」

「ほう、そうでしたか、そいじゃ、この御普請のために来たんですかい」

「ああ、そうさ。あたしは多良《たら》の地にお屋敷を構える高木内膳《たかぎないぜん》様に言われて、手伝いに来たのさ。江戸では舛屋《ますや》という屋号で、川普請の仕事をやっていたもんでね。まあ、あたしももともと多良の生まれなもんで、高木様の江戸屋敷の近くに店を構えたというわけだがね」

「へえ、では内藤様も多良のお方で」

「いや、内藤様は高木新兵衛様に雇われたお方だ。川普請にくわしいというので高木様が雇い入れたのよ」

「なるほどなあ、これだけの普請となると大変だってこってすね」

加門の言葉に、伊兵衛は「おうさ」と胸を張った。

川岸へと戻っていく伊兵衛を見送りながら、加門は栄次郎を見た。

「川の上流、美濃の多良という所に高木家という旗本がいるのだ。三家あって、内膳が東家、新兵衛が西家、玄蕃《げんば》が北家となっている。大名の格式を持っているため、参《さん》勤交代《きんこうたい》もするし、江戸屋敷もあるというわけだ。代々地元でこの三川をよく知っているため、御公儀から水行奉行《すいぎょうぶぎょう》に任命されていてな、こたびの御普請でもそのお役を負っている、というわけだ」

「ふうむ、なるほど、すごいな」

「ああ、美濃では古くから名の知られた家らしい」

「いや、そなたの頭を言っているのだ。よくもそれほどのことを覚えられるな」

覗き込む栄次郎の丸い目に、加門は吹き出す。

「御庭番だ、当たり前だろう」

いやぁ、と首を振る栄次郎の肩を叩き、加門は堤を登りはじめた。

「さあ、宿を探そう」


夕刻。

宿を出て、二人は五明輪中へと向かった。

「百姓家に泊まっているとは、驚いたな」

栄次郎の言葉に加門は、声を落とした。

「普請に携《たずさ》わる薩摩藩士は、皆、近在の百姓家に泊まること、宿代も払うこと、と御公儀が定めたのだ。飯は一汁一菜、魚や酒は出してはならん、ともな」

「それは、厳しいな。川で働いていてそんな飯では、腹が減るだろうに」

「うむ、わたしもさすがに厳しすぎるのでは、と思うたがな、おそらく城中の話し合いで決まったのだろう」

ふうん、と栄次郎は口を曲げながらも、手を上げた。

「あ、あれだろう、宿で聞いた一本杉とは。彦八の家だ」

鶏のいる農家に、二人は入って行く。

「彦八さんかい」

庭先で豆を選《よ》っていた男に声をかける。

「そうだぎゃ、おみゃあさんら、誰だあね」

立ちが上がった彦八に来意を告げると、へえ、と中へと入って行った。

と、すぐに内藤十左衛門が現れた。

「おう、来たか、上がってくれ」

奥の座敷で、早速筆を広げると、十左衛門はつぎつぎに手に取って、比べはじめた。

「丈夫なものがいいのだがな。二月の中頃に来たのだが、これほど筆を使うとは思うていなかった。四月になったばかりだというのに、もう筆先が開いてしまってな」

「へい、ではこちらはいかがでしょう。作りは無骨《ぶこつ》ですが頑丈です」

加門は筆を渡しながら、十左衛門の顔を見る。目尻の皺《しわ》からすると、年は四十近く、といったところだろう。

「川ではずいぶんと多くの人が働いていなさるんですね。二月からだと、もう御普請も終わりですか」

「まさか」十左衛門は眉を寄せる。

「思うたとおりには進んでいなくて、難儀をしている。なにしろ、人夫は百姓衆と薩摩藩士という素人《しろうと》ばかりでな、こちらの言うことがうまく伝わらないのだ」

「へえ、川の普請となれば、それを得意とする人夫もいるでしょうに」

栄次郎もとぼけた声を放つ。

む、と十左衛門は眉間の皺を深めた。

「そうなのだ、そうした者を使えば、石の積み方も土の盛り方も、こつを心得ているから速いし、出来上がりもいい。わたしもお頼みしているのだがな、お許しが出ない。郡代《ぐんだい》様がなかなかに……」

つぶやくように言って、はっと十左衛門は口をつぐんだ。

「ああ、いや、かようなことはどうでもいい。この筆をもらおう」

二本の筆をつかんだ。

加門は代金を受け取って、「ありがとうござんす」と笑顔を返した。


翌日。

堤に座って、栄次郎は川の近景を描きはじめた。

加門は上流へと歩きながら、普請のようすを遠目に眺める。百姓も藩士も、膝や腰まで水に浸かって汗を流している。

大変な仕事だな……。加門はひとまわりしてから、栄次郎のもとへと踵を返した。

栄次郎は一心に筆を動かしている。そこに背後から、近づく人影があった。片肌を脱いだ薩摩藩士だ。

加門はそっと近づいて行く。

藩士は栄次郎のうしろから、手元を覗き込み声を放った。

「おはん、なんばしよっとか」

驚いた栄次郎は慌てて振り向き、腰を浮かせた。

「ああ、いや」

「なにごて、こげん絵ば描きよっとか」

藩士は一歩、踏み出す。

「ああ、それは、その……」

立ち上がった栄次郎の隣に、加門は駆け寄った。

「どうかしましたか」

藩士は加門に目を向けた。互いの眼が、交差する。

「おはんはこの男の連れか」

藩士の言葉に加門は愛想のいい笑顔で頷く。

「はい、あたしらは江戸から連れ立ってきた筆墨売りでして、京に行く途中。こっちの男は絵師の修業中なもんですから、川を描きたいと言って……」

「絵師」藩士は栄次郎の持つ紙を見る。

「確かに、うまい絵じゃったが」

「いやぁ、それほどでも」栄次郎が笑顔になる。

「けど、邪魔でしたかね」

む、と黙った藩士に、

「迫田《さこた》殿、いかがされた」と声がかかった。

十左衛門が堤を上がって来る。

「迫田殿も筆を買われるか。この者らの筆はなかなかいいですぞ」

にこやかに近づいてくる十左衛門に、迫田弥之助《やのすけ》は、曲げていた口元を弛めた。

「いや、ちいと絵を見ていただけでごわす。なんでんなかですたい」

迫田はそう言うと、堤を下りて行った。

「なんだ」と十左衛門は苦笑する。

「商売にならなかったな。だが、そのほうから買った筆は真に使い心地がよいぞ」

そう言うと、十左衛門は再び戻って行く。

加門はその背と同時に、先を行く迫田の背中を目で追っていた。

「やれやれ」栄次郎は隣で腕を振る。

「薩摩の男《おのこ》は愛想がないな」

「いや、いかにも武士らしい」加門は小さく苦笑した。

「明日は少し上《かみ》の四之手を見に行こう。三之手と一之手はさらに上流だから、順にまわることにしよう」

縦横に広がる川の流れに、加門は顔を巡らせた。

三

宿の窓から首を伸ばして、加門は明るい朝の空を見上げた。

「やっと晴れたな」

数日、続いた曇天のあとに三日、雨が続き、昨日やっと小降りになっていた。

四月十四日。

朝飯をすませた二人は、川の堤に立った。足下では、濁って増した水が流れていく。

加門は川を見渡し、上流で目を止めた。遠目ながら、美濃側の上手《かみて》に、人が集まっているようすが見てとれた。

「四之手だな、行ってみよう」

加門は堤を下りる。

小舟に乗せてもらい、四之手の普請場に降り立った。

藩士や百姓衆が、流れの縁に立ち、崩れた堤を見つめている。

築いていた堤が流されたのか……。加門は人々の輪から、少し離れて窺った。

顔を歪める人垣のなかには、内藤十左衛門の姿もある。

「おや、筆屋さん」寄って来たのは舛屋伊兵衛だ。

「まだいなすったのかい」

「ええ、晴れるのを待ってたんで。堤が壊れたようですね」

「ああ、雨で水嵩《みずかさ》が増して、崩れちまったんで」

顔を歪めた伊兵衛は、「おっと」と半歩退いた。

小舟が着き、二人の男が下りてくる。

「郡代様だ」

伊兵衛のささやきに、加門は身を乗り出した。笠を被り、肩を怒らせて先頭を歩くのが美濃郡代に違いない。総御普請見廻役《そうごふしんみまわりやく》、青木次郎九郎《あおきじろうくろう》とは、あの男か……。そのうしろには配下の手付《てつけ》と見える男が一人、従っている。

「これはどうしたことか」青木の声が轟《とどろ》く。

「雨で堤が流れるとは、いかなる手抜きをしておったのだ」

人垣の中から、二人の藩士が進み出た。

「手抜きではごわもうはん」

「そうたい、そげんこつは、ひとつもなか」

いきり立って、さらに青木に迫る。

「そげんこつ言われては、薩摩の名に傷がつき申す。郡代様といえど、聞き捨てなりもはん」

まなじりを上げた男の前に、十左衛門が飛び出した。

「永吉《ながよし》殿、音方《おとかた》殿お待ちを」

十左衛門は藩士の二人を背でかばうと、青木に向き合った。

「この堤の普請図はわたしが作ったのです。藩士らはそれに従ったまで。手抜きもしておらねば、ぬかりもありませぬ。築く途中であったため、雨に耐えられなかったのです」

「なんだと……そのほう、確か内藤十左衛門と申したな、そなたが勝手に普請の手際を変えたと申すか」青木は横に手を出す。

「これ、北川《きたがわ》、図面を出せ」

手付の北川は抱えていた箱から巻いた紙を取り出し、広げて差し出した。

「これを見よ」青木はそれを掲げる。

「これはかつての美濃郡代井沢弥惣兵衛為永《いざわやそべえためなが》様がお書きになった普請図である。このとおりにせよ、と御公儀から命《めい》を受けているのだ」

「ですが」十左衛門は拳を握る。

「それは二十年も前の物。すでに地形も流れも変わっております」

そうだ、おう、と背後の人垣から声が漏れる。

「ええい、黙れ。井沢様はかの吉宗公より御直々《おんじきじき》に命《めい》を賜《たまわ》り、この三川を巡って図を引かれたのだぞ。それを、そなたらは軽んじるというのか。伊沢様よりもそのはうが上だとでも申すか」

怒声ともいえる声で、青木が唾を飛ばす。

「あいや、お待ちを」

人垣をかき分け、一人の男が進み出る。

「平田《ひらた》様だ」

伊兵衛のささやきに加門は、首を伸ばした。薩摩藩筆頭家老の平田靭負《ゆきえ》か……。御手伝普請の総奉行として、薩摩から藩士らを率い、この普請の場で指揮を執《と》り続けているという話を聞いていた。

「藩士の御無礼、詫びば申す、お許しくだされ」

頭を下げる平田に、皆がざわめく。

「平田様、そげんこつ」

「やめちくりゃんせ」

家老の低頭に、青木は口をつぐんだ。薩摩藩士の眼は睨みとなって、青木に集まる。

「お待ちくだされ」

さらに人をかき分け、別の男が現れた。

「高木様」

伊兵衛がつぶやく。

高木は平田をかばうように進み出ると、さらに低く低頭した。

「この内藤十左衛門はわたしが雇い入れた者。責めはわたしが負いまする。始末書もお出ししますので、お許しを」

加門はその男を見た。十左衛門の雇い主であれば、高木西家の新兵衛だ。

「いえ、高木様、責めはわたしが」

十左衛門があいだに入る。

背後の藩士らの人垣が揺らめいた。

「責めなど、誰かが悪いとでも言うがか」

「雨が悪いんじゃろうが」

「手抜きなど、言いがかりも甚《はなは》だしか」

声は抑えられているが、口調は荒い。じりり、と人垣が動き、青木に近づいて行く。

青木は半歩下がったが、ぐいと胸を張り、

「ええい、静まれ。よいか、崩れた堤を速《すみ》やかに直すのだぞ」

そう言い放った。言い終わらないうちに踵を返して、小舟へと戻って行く。

皆の眼が集まるなか、小舟は慌ただしく出て行った。

「口惜《くや》しかっ。あん郡代、なんちゅう言いようか」

永吉が声を放つと、音方は拳を振り上げた。

「おう、郡代も郡代、公儀も公儀じゃ。無体にもほどがあるきに」

おお、そうじゃそうじゃ、と周囲の声も続く。

「こいまでも、無理ば言うばかりで、なんもしよらん」

「ああ、二言目《ふたことめ》には御公儀が、御下命がと威張《いば》りよる、もう堪忍《かんにん》できんがか」

「これ、そげんこつ、言うちはならん」平田の声が重く響いた。

「御公儀に楯突《たてつ》くようなことば言うたら、薩摩がお咎めば受けるやもしれん。よかか、そいを忘れたらいかんぞ」

皆の口が閉じる。

平田は高木に寄って行くと、二人で連れ立って歩き出した。

皆がそのうしろ姿を見送る。

加門と栄次郎は、遠目からそのようすを見つめていた。

翌日。

二之手の川岸に、加門は下りて行った。

いつものように川辺に立つ十左衛門に近づくと、

「内藤様」

と、声をかけた。

「あ、ああ……」

振り向いた十左衛門の赤い目に加門は、眠れなかったのか、と眉を寄せた。

「あたしらは水が引いたら発とうと思ってます。で、これを差し上げようと」

加門は懐から一本の筆を差し出す。

受け取った十左衛門の頰が小さく弛んだ。

「よいのか」

「へえ、これは品はいいんですが、竹がちいと汚れてますんで、どうせ値切られます。だったら内藤様に使ってもらうほうがいいかと思いやしてね」

「ほう、これはありがたい」

目を細める十左衛門に、加門は首をかしげてみせる。

「青木郡代様というお方は、ずいぶんと手厳しいお人のようですね」

「あ、ああ……そうさな。だが、役人によくいるお人柄だ。保身と出世を第一とするのが役人の性《さが》。これまでにもそういうお人を見てきた。まあ、青木様は特にそれが強いようだがな、それを見抜けんで、高木様に恥をかかせてしまった」

悔いるように、十左衛門は川を見つめて言う。

「ですが、内藤様がおっしゃったように御公儀の図面が二十年前の物なら、確かに今とは違っているでしょうにねえ」

うむ、と十左衛門は目を伏せる。が、すぐにその目を大きく開けた。

「内藤様」

伊兵衛が走って来たのだ。

「内藤様、大変です、藩士が……昨日の永吉様と音方様が、切腹したと……」

「なにっ」

伊兵衛は対岸の桑名《くわな》のほうを、手を振りながら示す。

「ゆ、夕べ、宿にしている家で、腹を切ったそうです」

なんと、と声にならないつぶやきを漏らして、十左衛門は向きを変える。

昨日、堤の崩れた四之手を見る。

加門も同じように、そこに佇んだ。


三日後。

加門は桑名の宿場町を歩いていた。目立たぬように、栄次郎は連れていない。

ここか……。寺の山門を見上げ、海蔵寺《かいぞうじ》という名をつぶやいた。中へ入って行くと、加門は奥の墓地へと耳を向けた。土を掘る音が伝わってくる。

加門は現れた人影に駆け寄った。

「あ、お坊様、御住職の慈水《じすい》様、ですか」

本堂から出て来た僧侶は止まって「うむ」と頷く。加門は面前に立った。

「お布施《ふせ》を持って来たんですが」

「ほう、なれば、こちらへ」

と、慈水は庫裏《くり》の戸を開けた。

座敷に入ると、加門は手にしていた包みを広げた。それを慈水の前に置く。

「今日、こちらで薩摩藩士のお弔《とむら》いをなされると聞きましたもんで。これを供養《くよう》のためのお布施として、お納め願えねえかと、持って参ったんで」

慈水は並べられた筆と墨を手に取ると、

「ほう、これはよい物や、これで卒塔婆《そとば》を書けば、よい供養になりましょう。いただいておきますよ」

「はい」加門はかしこまりつつ、慈水の穏やかな眼差しを覗き込んだ。

「ほかのお寺では、御公儀への不満の切腹と聞いて、どこも弔いも墓も断ったと聞きました。関わりになることを恐れたんでしょうけど、それを引き受けられるとは、こちらはなんとご立派なことかと、もう、あたしは、たまらずに駆けつけたんで」

「ふむ、そなたさんは江戸のお人やな」

「はい、筆売りの旅の途中なもので、こんな供養しかできませんで」

「なに、供養は気持ちが大事や。拙僧も薩摩藩士の話を聞いて、これはせないかんと思うたまでのこと。どのような死に方をしなはっても、あの世に送り出すのが、仏弟子の役目やさかいな」

「いや、けど、ほかのお寺さんは、言葉どおりの門前払いだったと聞きましたぜ」

「ふむ、御公儀に睨まれることを恐れたのやろう。それはそれで無理はないと思います。しかし、薩摩のお方は切腹ではない、と郡代様らに言うたそうで、お役人側もそれで丸く収めたそうですわ」

した」

「え、そうなんですかい」

「へえ、こちらにも、腰の一物で怪我をして死せし者、という証文を出してきはりました」

慈水は穏やかに頷く。

そういうことか、と加門は胸中で得心した。

「けど、薩摩藩士の腹切りは郡代様や御公儀への抗議だと、どこでもその話で持ちきりでしたよ」

「はあ、そうでしょうな、人の口は止められまへん。まあ、怪我で死んだいうのは、表向きのこと。それでええんと違いますか。どちらにしても、拙僧は供養させてもらいます」

目尻の皺を深める慈水に、加門は胸の前で手を合わせた。半分は本心だった。

「ありがたいことでございます」

さて、と慈水は立ち上がる。

「行列が来る前に、着替えをせななりまへん」

「あ、では」加門は見上げる。

「あたしも陰から手を合わせても、よいでしょうか」

「へえ、かまいまへん、供養になりますやろ」

そう頷くと、慈水は次の間へと消えて行った。


黄昏《たそがれ》の空の下、二つの棺桶が寺に入って来た。

先頭には家老の平田が立ち、あとに三十人ほどが続いている。行列がそのまま墓地へと向かうのを見ると、加門は先まわりをして、大きな五輪塔《ごりんとう》のうしろに身を寄せた。

すでに掘られていた墓穴に、ゆっくりと棺が下ろされる。

慈水が読経をはじめ、朗々《ろうろう》とした声が辺りに響いた。

羽織袴で正装した藩士らは、皆、顔を伏せることなく、盛られた土を見つめている。

読経を終えた慈水に深々と礼をしてから、平田が数歩、進み出た。

「みんな、よかか、永吉惣兵衛《そうべえ》音方貞淵《さだふち》、こん二人んこつば忘れてはならん。じゃっどん、命を落としたたちは刀の怪我によるもの、こいもけっして忘れもうしてはならんど」

「そいは、あんまりではごわもはんか」

一人の藩士が声を上げると、隣からも続いた。

「命ば賭けて、訴えばしよったとを」

「黙りゃんさい」平田の声が大きくなる。

「そげんこつを知られれば、御公儀を敵にまわすことになる。そいだけは、避けねばならんのじゃ。おいは国を守るが務め、おはんらを守るが仕事じゃ。そのために言うておるちに、上に立つ者《もん》の言うことば、聞けんとか」

その勢いに、皆が黙る。

平田は慈水に向くと、

「そういうことじゃて」

と、頭を下げた。慈水もそれに返す。

「心得ました」

平田は手を上げると「さあ」と山門を示した。

「戻ろうかい」

人々がゆっくりと向きを変える。

行列が山門へと向かうのを見て、加門は五輪塔から離れた。境内から出て行く行列の背中を、加門は本堂の陰から見つめた。と、あっと身を引いた。

行列のうしろにいた一人が振り向いたのだ。

しまった……。加門は唇を嚙む。

振り向いた男は迫田弥之助だった。

加門に気づき、つかつかと寄って来る。

「こげん所で会うとは、奇遇じゃの。なんばしよっとか」

鋭い目と裏腹に、口元に冷ややかな笑いを浮かべる。

加門は目元に笑いを作った。

「お弔いがあると聞いたもんで、筆と墨をお布施させてもらったんですよ。御住職も供養になると、お納めくださいましてね」

「ほう、そいは礼を言わにゃならんの」迫田はちらりと加門の手を見る。

「よか手をしちょるの」

そう言うと、くるりと背を向け、歩き出した。

くっと、加門は手を袖にしまう。見る者が見れば、筆を持つ手か剣を持つ手か、わかるはずだ。加門は仕返しのように、去って行く迫田の足運びを見た。足音を立てずに、迫田は遠ざかって行った。

四

宿の朝のにぎわいが、潮が引くように引いていった。朝飯をすませた旅人らが、つぎつぎに発って行ったためだ。

誰もいなくなった部屋の片隅で、加門は栄次郎の荷物を見た。竹籠の中には紙が束になっている。

「もう絵はずいぶんと描けたのか」

加門がそう問うと、栄次郎は「うむ」と籠を叩いた。

「上流の三之手も一之手も描いた。輪中の家や暮らしぶりも描いてあるぞ、鶏もな」

栄次郎はそう言うと、紙の束を取り出して広げた。

一枚一枚に普請のようすや川の光景、村の家などが描かれている。

「おう、さすがだな」

加門は手に取って、掲げた。

栄次郎は顔を上げた。

「堤を歩きまわっていてわかったが、尾張側の堤は高くなっているのだな」

「ああ、尾張はなにしろ御三家の一つ、早くから堤普請を行ったということだ。そのため、水は美濃側に流れていくわけだがな」

「なるほどな、まあ、地形を見ていると、美濃側に広がった三川はあまりにも広大だ。普請といっても、なかなか手が付けられなかったのはわかる気がする」

「うむ、吉宗公でさえ成せなかったのに、上様はよくぞご決断されたものだ。実際に普請のようすを見ていると、規模の大きさに溜息が出る」

「まったくな、まあ、実際に働いているのは将軍の家臣ではない、薩摩藩士と百姓衆だが」

　栄次郎の苦笑に加門も頷く。

「確かにな……内藤十左衛門殿も言っておられたが、素人だけで行うというのは、厳しすぎる気がする。それは江戸に戻ったら、お伝えしようと思っているが」

　加門はふと手を上げて、指を折った。

「もう四月も二十一日か……普請も来月で休みに入るな」

「ああ、我らも江戸に戻れる」栄次郎は北を向く。

「子が生まれるまでに帰り着きたいがな」

　栄次郎は一昨年、同じ御庭番の家から妻を得ている。妻の清乃《きよの》は去年、懐妊し、子は六月に生まれるはずだ。

「ああ、それまでには、戻れるとも。生まれたての赤子を抱けるぞ。男か女か、どちらだろうな」

「いや、父はもう男子の名を考えているのだ。不出来なわたしに代わり、家を盛り立てるようにと、勝馬《かつま》だの龍之助《りゆうのすけ》だの強そうな名ばかり、書いて壁に貼っているのだ」

うなだれる栄次郎に、加門は笑いを放つ。

「それはしかたあるまい、武家とはそういうものだ。うちも最初が男子であったから、父は大喜びしていたな」

「ほうら、そうなるだろう、それが娘であったら、がっかりされるのは目に見えている。清乃はそればかりを心配していてな、かわいそうになってくる」

「ううむ、しかし、清乃殿はすぐに懐妊したのだから、きっとつぎつぎに子を産んでくれるはずだ。血色はいいし、体つきもしっかりしている。心配はあるまいよ」

加門は笑顔で頷いた。

「そうか、そなたが言うのだから、安心だ」栄次郎も笑顔をほころばせる。

「わたしはどちらでもいい、無事に生まれてくれれば十分だ」

弛んだ顔がはっと、締まった。

加門は慌てて、紙を束ねる。

廊下を足音がやって来たのだ。

「筆屋さん、加右衛門さんはおっかね」

宿の主だ。

「へーい、いますよ」

絵の束を栄次郎に渡すと、加門は膝をまわして襖を開ける。と、主が駆けるように入って来た。

「ああ、加右衛門さん、おみゃあさまは前に、彦八んとこの内藤十左衛門様を訪ねたことがあったがね」

「へい、あのときは道を教えてもらいまして」

加門が主の強《こわ》ばった顔を見上げると、

「その内藤様が、腹を切ったそうだがね」

両手を合わせて揺らした。

え、と立ち上がった加門に、主は川の方向を指さす。

「彦八の家で、朝早くに。で、彦八は町まで医者を呼びに行ったとか、今し方、村のもんに聞いただがね」

「医者ってえことは、死んじゃいなかったということですかい」

「ああ、そうだろうがのう、くわしいことはわからんで」

加門は栄次郎を振り向き、目顔で「行って来る」と示した。頷く栄次郎を置いて、加門は外へと飛び出した。


五明輪中の彦八の家に、加門は駆けるように飛び込んだ。

「内藤様」

そのまま上がり込むと、加門は次の間で、足を止めた。

布団に寝かされた十左衛門が、青白い顔を大きく歪め、あえぐような息を漏らしている。裸の上半身の腹は、白い晒《さらし》が巻かれているが、上部は真っ赤だ。濡れて光る色で、まだ血が出続けているのがわかった。

腕組みをし、十左衛門から顔を反らしている医者の向かいに、加門は滑り込んだ。

「どうなんですかい」

その詰問を疎《うと》むように。医者は首を振り、

「助からん」

と、ひと言だけを放った。

「そんな」

　と返しつつも、だめだな、と加門も唾を呑み込んだ。顔の白さから、相当量の出血があったことは明らかだ。

「内藤様、なんでまた、腹など切ったんです」

　加門は十左衛門の耳に、顔を近づける。

　十左衛門の目が開くが、目は宙を見ている。口を開こうとする気配はない。

「おみゃあさん」彦八が怪訝な面持ちを見せた。

「筆売りだぎゃ、なんでわざわざ」

　ああ、と加門は顔を伏せた。

「内藤様は、また筆を買ってくださるとおっしゃってたんでさ。あたしの筆をたいそうに気に入ってくだすって、まとめて買おうと、約束まで……」

「はあ、んだぎゃね」

「あの、彦八さん、内藤様はいつ、腹を切ったんですかい」

「はあ、朝ぁ早く、七つ（四時）頃、おらあ起きたんだぎゃ、なんや声が聞こえた気ぃがして、だども、呼びかけても返事がねえしで、襖開けたんだ、したら血だらけじやったんだぎゃね」

夜明けか……。加門は十左衛門の顔を見つめた。おそらく、一睡もせずに夜を過ごし、覚悟を決めたのだろう。脳裏に、壊れた堤の情景が甦った。郡代の青木次郎九郎の叱声、十左衛門の抗弁、そして高木新兵衛の低頭。あのあと、主の高木に恥をかかせたと、十左衛門は悔やんでいた。さらに、薩摩藩士二人の切腹。それにも責めを感じていたのかもしれない……。加門はつぎつぎに思い出される光景を、十左衛門の青い顔に重ねていた。

「ごめん」表から声が上がる。

「高木様から使わされた、家臣の赤井利右衛門《あかいりえもん》、邪魔するぞ」

ずかずかと入って来た姿に、加門は部屋の隅へと身を引いた。

「内藤殿」赤井はやはり十左衛門の耳に顔を寄せる。

「いかがされたというのだ」

十左衛門は再び目を開けたが、やはり答えない。

「彦八さんや」

新たに男が入って来る。加門も見たことがある庄屋の彦三郎《ひこさぶろう》だ。

「郡代様に使いを出しておいたで」

彦三郎も部屋の片隅に座る。

「内藤殿」赤井の声が再び上がる。

「なにゆえに、かようなことを……高木様にお伝えすることはないか」

だが、十左衛門の荒い息が、声に変わることはない。

皆の沈黙が、その息の音を際立たせる。

そこに衣擦《きぬず》れが鳴った。医者が立ち上がったのだ。

「すでに手は尽くしたので、わたしはこれで」

薬籠《やくろう》を持って、医者が出て行った。

加門は去って行く足音に、ふっと息を漏らした。なす術《すべ》はない、というときの医者の居心地の悪さはよくわかる。

加門は高い位置の窓を見やった。すでに陽が中天から傾いているのが、入り込む日差しでわかる。

しばらくすると、表から足音が響いた。

声かけもなく入って来た男に、加門はあっと拳を握る。

青木郡代の手付である北川だ。

手に矢立《やたて》と巻紙を持った北川は、十左衛門の枕元に陣取った。

「遺書はあるのか、なにか申したか」

「いんや」首を振る彦八に、赤井も続ける。

「なにもしゃべろうとしません」

ふむ、と北川は皆を見渡す。

「郡代様の命《めい》で参った。内藤十左衛門がかような仕儀に至りしわけ、聞かねばならん。皆、しばし出て行ってくれ」

彦八と彦三郎は、顔を見合わせてすぐに出て行った。

「では、これにて失礼する」

赤井も憮然とした面持ちで出て行く。加門もそれに付いて、部屋を出た。

そのまま外へと出て行く赤井を追いかけ、加門は、

「赤井様」と声をかけた。

「む、なんだ」

振り向いた赤井に腰を折り、加門は、

「あたしは江戸から来た筆墨売りでして、内藤様にはよくしていただいたものですから、駆けつけたんですが」

「ほう、江戸からか、わたしも高木家の江戸屋敷にいたのだ」赤井の面持ちが弛む。

「して、なにか用か。わたしはこれから殿に報告に上がらねばならん。内藤殿の息が

まだあるのであれば、会いたいと仰せだったのでな」

「そうでしたか、いえ、実は内藤様、つい先日、ご主人の高木様のことをおっしゃっていたので」

「なんと」赤井が踏み出す。

「なんと申していたのだ」

はい、と加門は川岸でのやりとりを告げる。

そうか、と赤井は肩を落とした。

「殿に恥をかかせたと……」赤井は加門に頷く。

「いや、話してくれてありがたい。このこと、殿にもお伝えしておく」

赤井は背を向けると、彦八の庭から出ていった。

加門は腕を組んで、家を振り返る。

わたしも戻るか……。加門も家を背にして歩き出した。


二日後。

加門は小舟で五明輪中に渡った。

昨夜五つ（八時）に、十左衛門が息を引き取ったと、宿の主に知らされたからだ。

彦八の家の前には、すでに赤井と高木の姿があった。

近寄っていく加門の姿に気づき、赤井が加門を指さしながら高木に耳打ちをする。

「話は聞いた」高木は加門に頷く。

「内藤の言葉、しかと胸に刻んだぞ。屋敷に連れ帰り、供養をいたす、安心いたせ」

「はあ、このようなことになって」深々と頭を下げてから、加門は赤井を見た。

「お咎めはないのでしょうね」

するると、赤井はすっと高木から離れ、加門に目配せをした。それに従って数歩、あとをついて行くと、赤井は振り向いた。

「一昨日、青木郡代の御手付が来たであろう。あの北川という者、内藤殿から話を聞き出したと言うて書き付けを作ったのだ」

「話が聞けたんですかい」

驚く加門に、赤井は眉を寄せる。

「そう申しているのだ。内藤殿は江戸から来た御徒目付《おかちめつけ》から、堤の出来を咎められたそうだ。それを苦にしたというのだ」

「そうなんですかい」

「藩士に聞いたら、確かに、咎められたそうだ。しかし、そのようなことはこれまでいくらでもあった。さらに、内藤殿、その不出来は庄屋の与次兵衛《よじべえ》が言うとおりにしなかったためだ、と言ったというのだ。で、殿に迷惑をかけてはならぬ、と思うた、と」

「へ……あのごようすで、そこまで話しができたもんでしょうか」

身を反らす加門に、赤井もさらに顔を歪める。

「うむ、わたしも不思議に思う。そもそも、庄屋が悪いというのであれば、腹まで切ることはなかろう」

赤井の顔には腑に落ちない、と書かれている。

「そら、どうにも……」

加門も顔を歪めて赤井に頷きつつ、そうか、と腹の内で思った。高木家でも、内藤の心情を察しているのだろう。青木郡代と対立したことや、そのために高木新兵衛が責めを負ったこと、さらに薩摩藩士二名が腹を切ったこと、それらを内藤十左衛門は自らの責めとしたに違いない。しかし、郡代の側からすれば、それでは困る。薩摩藩士は怪我で死んだということにして丸く収まったのだ。それを江戸表に知られては、郡代の立場が悪くなるのは必定、ために、隠した。真かどうかわからない書き付けまでを作って……。

加門はそう思い立って、高木と赤井の横顔を見た。

この二人も、すべてを腹に収め、角《かど》を立てずに収めよう、と決めたのだろう。

家の戸が開き、中から人々が現れた。舛屋伊兵衛《こうべ》の姿も見える。

運び出されてくる棺桶に、加門は手を合わせ、頭を垂れた。

五

「本当に、もう江戸に戻るのか」

栄次郎の問いに、加門は荷を背負いながら、頷く。

「戻る。一刻も早く、この普請のようすをお伝えしなければ、また、命が失われるかもしれん」

「む、確かに」

栄次郎も身支度を調え、加門について宿を出た。

町から東海道へと続く道を行く。

家々が消え、田畑や林の広がる道を加門は早足で歩く。ずっと先の行く手に、東海道が見てきていた。

加門は小さくうしろを振り向いた。

しまった、と声を漏らし、二歩遅れて歩く栄次郎に、

「走るぞ」

と、怒鳴《どな》る。

え、と振り向いた栄次郎は、加門に付いて駆け足になった。

「誰だ、あれは」

背後から、やはり駆け足で男が追って来る。

「薩摩藩士だ」

迫田弥之助だった。

おそらく、こちらの動向をずっと窺っていたのだろう。やはり、な……と、加門はつぶやく。

「待っちゃい」

迫田がすぐうしろに追いつく。

加門は足を緩めた。

しかたがない……。そう腹を括《くく》ると、ゆっくりと足を止めて、迫田に向いた。

荒い息を整えながら、迫田は腰の刀に手をかける。

「おはんらを帰すわけにはいきもはん」

栄次郎は狼狽《ろうばい》を隠さずに、迫田に半歩、寄る。

「どういうこってす、あたしらは江戸から来た……」

「とぼけんでよか」迫田が鯉口《こいぐち》を切った。

「おはんらは公儀から遣わされた隠密じゃろう。そげんこつ、初めっからわかっちょった。形《なり》ば変えちも目や手には、本性が出るもんたい」

ふっと、加門は口元を歪めた。

「そなたも薩摩の隠密方であろう、わたしもわかっていた。同じ者はひと目でわかるものだな」

その手は脇差しにかかる。

そうだったのか、とつぶやいて栄次郎は進み出た分を退いた。

迫田はすらりと刀身を抜いた。

「ここで見たこつ、江戸に知らされては困るとじゃ。せっかく、平田様がよかように収めたこつを、おいは守らねばならん」

迫田の刃が宙を切る。

加門は抜いた脇差しで前を防ぎ、身を斜めに引いた。

横を抜けた迫田に、加門は素早く身を躱して向き直る。

体勢を立て直した迫田は、

「えいぃっ」

声を張り上げて、再び腕を振り上げた。

加門は息を呑む。

初太刀が早く、二太刀も続けざま……薩摩の示現流《じげんりゅう》か……。加門はかろうじて、うしろに飛び退いた。

身を低くして、下りてくる剣を寸前で横に躱す。

迫田は素早く身をまわすと、剣を正面に構えた。

「いやぁっ」

踏み込んで下ろした迫田の刀を、頭上で受ける。

力一杯、それをはじくと、加門は横に飛んだ。

間合いをとって、向き直ると、

「お待ちを」

加門は脇差しを構えたまま、声を放った。

「なんば言いよるかっ」

迫田も向きを変え、突きの構えで加門に突進してくる。

斜めに飛び、加門は地面に転がった。

その目に、栄次郎が映る。

手にした吹き矢を、口にしようとしていた。

「よせっ、栄次郎」

加門は起き上がりながら、腕を伸ばす。

迫田が栄次郎に気づく。

その手の刀が栄次郎に向いた。

起き上がった勢いのまま、加門は迫田に全身でぶつかる。

傾いた迫田が、かろうじて踏ん張った。

加門はその喉元に、切っ先を突きつけた。

「お聞きください。平田様のご判断、決して無駄にはしません」

切っ先を喉に受けたまま、迫田は眉を吊り上げる。

「なにごて、そげんこつば言えるがじゃ。おはんは伝えるだけじゃろうが」

「言えます。わたしが伝えるお相手は上様ですから。上様は民に情の深いお方。薩摩の方々の心情も、理解してくださいます」

「なんば言いよる、こげん無理難題ば押しつけたもんに、なんの理解ばができるいうとがか」

その声を顔に受けて、加門は少し、切っ先を引いた。

「普請の厳しさは、見てよくわかりました。わたしもありのままに伝えます。内藤様の申されていたことも、もちろん伝えます」

「内藤殿《どん》の」

「ええ、素人ばかりではできぬ、と言われたのです」

む、と迫田の眉が和らぐ。が、その足に力が入った。

「公儀は信用できもはん」

再び刀を握り直す。

が、加門は一歩引き、腕を曲げた。

「ごめん」

その拳を迫田の鳩尾《みぞおち》に打ち付ける。

ぐっ、と息を漏らし、迫田の身体が折れる。手から刀が落ち、続いて身体も地面に落ちた。

走り寄る栄次郎に、加門は道端の大木を示す。

「あの裏に運ぼう」

二人がかりで迫田を運ぶと、加門は顔に近づいて息を確かめた。

「しばらくすれば気がつくだろう」

「それでいいのか」

栄次郎の問いに、加門は首を振った。

「いい。もう死人《しびと》はまっぴらだ」

行こう、と加門は立ち上がる。

再び道に出た二人は、東海道へと歩き出した。


半月後。

江戸城中奥。

登城した加門を、将軍の小姓見習いが待ち構えていた。

「田沼様がお呼びです」

「承知いたした」

将軍は大奥に行っている刻限だ。

加門が早足で部屋に行くと、足音を聞きつけた意次が廊下に身を乗り出していた。

「来たな、よい知らせだぞ、さ、入れ」

部屋に滑り込むと、意次は笑顔で加門の肩を叩いた。

「上様が昨日、薩摩藩の御手伝普請に川普請に長《た》けた者らを雇い入れよ、と命じられたのだ」

「え、真か」

「ああ、そなたの報告を聞いてから、真剣な眼差しで考えておられた。老中方を呼ばれて、話し合いもなされてな、お決めになったのだ」

「そうか」

加門はどっかと腰を下ろした。

笑顔の意次も向かいに胡座をかく。

「普請がそこまで大変だとは、どこからも上げられていないのだ。郡代からも代官からも、滞《とどこお》りはないという報告ばかり。まあ、役人は皆、まずいことは隠し、ぬかりはないと繕《つくろ》うから、無理はないがな」

「いや、よかった」

加門は首をまわして天井を仰ぐ。

腹を切った薩摩藩士や内藤十左衛門の顔が浮かんで、思わず目を伏せた。

川普請に長けた者が加われば、この先、少しは楽になるだろう……。そう思いつつ胸の内で手を合わせる。

「そなたも大変だったようだな」意次の顔が間近で覗き込んでいた。

「顔に疲れが残っているぞ」

「む、そうか」

加門は顔を拭く。その仕草に意次は笑い出した。

「拭いて消えるものか」

「あ、そうか」

加門もそれにつられた。が、その口から大きく息を吐き出した。

「疲れていたのだな……ここしばらく、ずっと、人の死に関わってきたせいだろう。平気なつもりでいたのだが、腹の底では堪《こた》えていたらしい」

ふうむ、と意次が腕を組む。

「なれば、褒美《ほうび》が必要だな」

「褒美……」

「ああ、人は働いたあとは休まねばならん、と、そなたが前に言っていたのだぞ。よし、来月だ」

「来月、どうするのだ」

「非番を合わせよう」

意次はがっと加門の肩をつかんだ。

第四章　鬼、走る

一

鍛冶橋御門《かじばしごもん》の前で落ち合った加門と意次は、両国橋へと足を向けた。

橋詰めの広場には、多くの見世物芸人が集まっている。

三味線《しゃみせん》を弾く者、歌を歌う者、踊りを見せる者、さらに飛び跳ねてまわる軽業《かるわざ》を披《ひ》露《ろう》する者もいる。六月の日差しをもろともせずに、それぞれの前に人が集まり、かけ声が飛び交っている。

「やあ、相変わらずにぎやかだな」

相好《そうごう》を崩して左右を見まわす意次につられて、加門も笑顔になっていた。

「うむ、活気があるな」

二人は人だかりの前で足を止める。皆が囲んでいるのは手妻《てづま》（手品）などを見せる放下師《ほうかし》だ。

男は紐《ひも》の上でまわっている独楽《こま》を右から左へと滑らせる。それをぽんと高く放り上げると、落ちてくる独楽を再び紐の上で受けた。今度はその独楽をうしろへ放ると、そのまま消え失せた。

おお、という声が上がり、手を叩く者もいる。

放下師はつぎつぎに芸を披露していく。

「いや、すごいな、今度、龍助を連れて来てやろう」

「おう、わたしも草助に見せてやりたい」

二人はすっかり弛んだ面持ちで、頷き合う。

「いいぞ」

背後からも声が上がる。

振り向くと、男がはしごの上で逆立ちになっている。

さらに片腕を上げ、その手で扇子《せんす》を開いた。

見上げる人々から、喝采《かっさい》が起きた。

「いいな」

加門のつぶやきに、意次が小首をひねった。

「なにがだ、いや、面白いのは確かだが」

ああ、と加門は苦笑を返す。

「いや、生きているということはいいことだと思ってな。笑って、かけ声をかけて、手を叩く……そんな愉快も命あってのことだ、と、ふと思ったのだ」

「ふむ、命あっての物種《ものだね》、か。そうだな、生きていればこそ、こんな小さな喜びも味わえる」

「ああ、そうだ。それを今、しみじみと感じたのだ」

おう、意次が加門の肩を叩いた。

「では、もっと愉快になろう、うまいものを食ってな」

意次が神田の町を顎で示して歩き出すと、加門も横に並んだ。

威勢のいい男達が行き交う道を、二人はゆっくりと左右を見ながら歩く。

「なにを食うか、町にはなんでもあるな」

目を輝かせる意次の顔を、加門は笑みで見る。

「そうさな、蕎麦《そば》でもいいが」

「蕎麦……悪くはないが、もっといいものを食おう。そなたの食いたい物を言え、なんでもいいぞ」

　背中を叩く意次の手が温かい。

　そうだな、と考え込む加門の前に、いきなり人影が飛び出した。

「ああ、やはり宮地加門殿」

　黒羽織の下で十手の朱房が揺れる。

「ああ、これは、三井勝之進殿でしたか」

「はっ」勝之進は姿勢を正して、ちらりと意次を見る。

「お役目中……ご同輩ですかな」

「ああ、いや、そうではなく……」

　加門は意次に目配せを送る。意次の役は将軍の小姓組番頭だ。さらに宝暦元年には、兼務していた御用取次見習いから御用取次に出世している。近づきたがる者は多いが、それに対応する意次の大変さはよくわかっていた。それにそんな将軍の重臣が、町をふらついていると思われたら、外聞が悪い。

「今日は非番で、友と飯を食いに来ただけです」

　加門の言葉に、勝之進は肩の力を抜いた。

「そうでしたか、いや、なればちょうどよかった。宮地殿、少々、お話しができませんか。医学所をいくどもお訪ねしたのですが、ご不在続きでしたので。実は、また赤子が殺されたのです」

「赤子が」

意次が眉を寄せる。

「ええ」勝之進は声を抑えた。

「四月に、生まれて八ヶ月ほどの赤子が大横川《おおよこがわ》で浮いていたのです。いや、実は三月にも首を絞められて捨てられた子があったのですが、今度は生きたまま水に捨てられたとわかりました。水を飲んでましたから」

「生きたまま」

意次と加門の声がそろう。

勝之進は神妙な顔で頷いた。

「で、ですな、少しわかったことがあるのです。そこで、宮地殿のお考えをお聞きしたいと思っておりましたとこでして」

加門が意次の顔を見ると、「かまわんぞ」と目顔が戻って来た。どころか、

「わたしも聞いてよろしいか」

意次は勝之進に向かって顔を突き出す。

「ああ、はい、宮地殿のご同輩となれば、是非、ご意見を伺いたいもの」

まいったな、と加門は苦笑する。どうやら勝之進は意次を御庭番仲間と勘違いして
いるらしい。まあ、いいか……。

「ちょうど飯屋を探していたところです、いっしょに行きましょう」

「ああ、それでしたら、わたしの行きつけの飯屋があります、ゆっくり話しもできま
すから、そこへ」

勝之進が先に立って歩き出す。

それに従いながら、加門は意次にささやいた。

「すまんな」

「いや、わたしも知りたい。どういうことなのだ」

「ああ、実は……」

加門は一連のできごとを小声で説明する。

「そんなことが……」

眉を寄せ合う二人を、勝之進が飯屋の前で待っていた。

飯屋の小上がりの奥で、勝之進は向かいの二人に身を乗り出した。

「赤子が川から引き揚げられて、また大騒ぎになりました。身許のわからない土左衛《どざえ》門《もん》の場合、知る者が名乗り出られるよう、数日は引き揚げた場所に置いておくものですが、なにしろいたいけな乳飲《ちの》み子なもので、それはやめたんです。まあ、赤子は見たからといって、身許がわかるとも思えませんのでね」

「確かに、赤子は見分けがつきにくいな」

意次が頷くと、勝之進は首を大きく振った。

「はい。で、番屋に運んだんですが、その晩、一人の女《おなご》が駆け込んで来て、自分の子かもしれないから見せてくれ、と」

「え、で、見たんですか」

身を乗り出す加門に、勝之進は、

「見せましたとも」頷きながら、その顔を歪めた。

「そうしたら、違ったんです。引き揚げた子は男の子だったたんですが、その女、ああ違う、あたしの産んだのは女の子だったから、と。こうです」

思い出して苦笑する勝之進につられて、聞いている二人も、思わずつられた。

「それはひとまずよかった」加門は笑い収めて首をかしげた。

「しかし、なにゆえ、その女は自分の子だと思ったのでしょう」

「ええ、それを訊ねたら、その女、自分では育てられないわけがあったようです。で、子をもらいたいという人がいるから、というので、産婆に渡したと。が、しばらくしてその産婆に子のようすを訊いたら、誰の手に渡ったかわからないと言われて、それっきりだそうです」

「むむ、もらい子というのは、そのようにいい加減なものなのか」

意次のつぶやきに、勝之進は肩を持ち上げる。

「わたしもくわしくは知りませんが、なかには実の子として育てるために、もらったことを秘密にする、という親もいるそうです」

「それはわからなくはないが……して、その女の身許は訊いたのですか」

加門の問いに、勝之進はがっくりと頭を落とした。

「いやぁ、そこなのです。本所《ほんじょ》の甚三郎《じんざぶろう》長屋のおいね、と言って帰ったので、後日、行ったのです。産婆のことを聞き出そうと思いましてね。が、長屋はあったものの、そんな女はいない、と……」

「嘘、か……」

「ええ。番屋では赤子が違ったのだからと、それほど気に留めなかったのが失敗でした。川で引き揚げられた子は、首に赤痣《あざ》があったのです。取り上げた産婆がわかれば、素性《すじょう》を知る手がかりになったやもしれぬ、とあとで気がつきまして」

　勝之進は己の頭を叩く。

「いや、子を捨てた負い目から身許を知られたくはなかったのでしょう。その女、どういう風情でしたか、粋筋《いきすじ》ふうとか、堅気《かたぎ》ふうとか」

「ああ、堅気の町娘といった風情でしたな。年の頃は十七、八か」

「娘か」意次が口を曲げる。

「それはなにかわけがあるのだろう。子が違ったのなら、あまり追うのもかわいそうな気がしますが」

「やはり、そう思いますか」勝之進が頷く。

「その女を捜すのはやめて、ほかの線から当たろうかとも考えておるのです。そう、なにしろもう一つ、あるのです」

　勝之進は加門を見る。

「そら、宮地殿に連れ帰ってもらった赤子がおりましょう、首を絞められて捨てられていた」

「ああ、八百屋で育てられている鶴松ですね」

「そうそう、あの赤子を拾った丁稚に改めて話を聞いたのです。すると、拾ったときに、怪しい男を見たというのです。少し離れたところから顔を覗かせていて、丁稚が籠を拾い上げると、その場から去って行った、と」

「ほう、それは確かに、捨てた当人かもしれませんね。どういう男か、丁稚は覚えていましたか」

「ええ、饅頭《まんじゅう》のような男、と言っていました。顔が白くて真ん丸だったようです。まだ若くて二十代くらいだと。そっちを当たってみようかとも思っているんですがね」

「ううむ、それだけの手がかりだと、探し当てるのも大変でしょう。ここは両方とも、じっくりと探っていくのがよいような気がします」

「そうですか……」はあ、と勝之進は息を吐く。

「いや、そうですよね、そうします」

勝之進は顔を上げた。

「しかし」意次が眉をひそめた。

「もらい子というのはそんなに多いのですか」

「ええ、町方にはよくあることです。多少、いい家の場合は、三両とか五両の金子《きんす》を付けて出すんです。そのほうが早くもらい手がつきますから」

そうなのか、と意次は眉を寄せてつぶやく。

「だとすると……」

「ああ、鬼のやり口かもしれないな」

加門も顔を歪めた。

勝之進は身体をひねって、ぱんと手を打った。

「おうい、親父、飯を持って来てくれ」

へーい、という声が上がり、魚の焼ける匂いが漂ってきた。

二

三日後。

加門は本所の町に入った。

今朝方、意次に言われた言葉が耳に甦る。

〈もらい子の話を上様にしたところ、驚かれていた。でな、探索に加わって最後まで見届けよ、そう加門に伝えよ、ということであった〉

まさか、御下命になるとは……。加門は苦笑する。

意次はこうも言った。

〈大御所様が亡くなられてしばらくは気落ちなさっていたが、ずいぶんと気力が持ち直されたようだ。最近は御政道の大事だけでなく、民のことも気にかけておられる。大御所様のように、国の父とならんとする気概が感じられるのだ〉

加門の顔が引き締まる。その気概ゆえの御下命なのだ、心してかかろう……。

人に尋ねながら、甚三郎長屋に着いた。

ちょうど井戸端で集まっていた男女が、いきなり入って来た侍を怪訝そうに見る。

「邪魔をします」加門は穏やかな面持ちで皆を見た。

「少し訊ねたいことがあるのです、この長屋で去年の春か夏頃、出て行った男はいませんか」

加門は穏やかに皆の顔を見る。

「去年」

「春か夏、だって」

長屋の住人らは顔を見合わせる。

「ああ、だったら、あれだよ、銀次郎《ぎんじろう》だ」

男が言うと、女房らしい女が手を打った。

「ああ、そうだ、五月に出て行ったんだよ、確か」

「銀次郎、ですか。その男の所に、通って来ていた娘はいませんでしたか」

加門が顔を巡らせると、

「娘、ああ、いたいた」

「そう、おこまちゃんね」

すぐに声が上がった。

「おこまちゃん、それはどこの娘だかわかりますか」

加門の問いに、女房がすっと進み出た。

「深川の乾物屋、上州屋《じょうしゅうや》の娘さ。銀次郎も当人もとぼけてたけど、なあに、噂なんてすぐに広がりますからね」

聞いた言葉を頭の中で反芻《はんすう》していると、女房はさらに一歩寄って来た。

「銀次郎が出て行ったあと、あれはきっと、おこまちゃんと駆け落ちにしたに違いないって、あたしらは話してたんですよ」

「そうかねえ」男が首をひねる。

「あの銀公のやろう、そんな玉かねえ、面倒になって逃げ出したんじゃねえのかい」

「あら、だって」うしろの女が口を開く。

「子供ができてたんだよ、駆け落ちだろうよ」

「えっ、そうなのかい」

「ああ、そうさ、これだから男ってのは」女房が振り向く。

「あたしらにわかってたよ、すこうしお腹が出てたもの」

「そうそう」

女同士が頷くのを見て、男は腕をまくった。

「なんでえ、わかってねえのはそっちじゃねえか。だったら、ますます逃げたにちげえねえ。銀公はそんなに実《じつ》のある奴じゃねえ、子ができたと言われたら、尻《けつ》をまくって逃げ出す野郎さ」

「ああ、おいらもそう思うぜ」

黙って聞いていた男が、口を挟む。

「なんだって」うしろからその女房らしい女が進み出る。

「そんな腐った野郎の心根がわかるってのかい。そんな人だとは思わなかったよ」

「わかるってえだけで、同じにするない」

「泥棒は泥棒を見抜くっていうじゃないか、同じだからわかるんだろう」

「なんだとぉ」

飛び交う声に、加門はうしろに下がる。

「邪魔をしました」

そう言って、井戸端に背を向けると、長屋を走り出た。

再び、両国橋を渡り、加門は神田の自身番へと向かった。定町廻《じょうまちまわ》りの三井勝之進は、この番屋に立ち寄るはずだ。

加門は番屋の前で、待つことにした。


「どうやって娘の素性を突き止めたんですか」

並んで歩く勝之進が、加門の顔を覗き込む。

本所の町から、深川へと続く道だ。

加門は人差し指を立てて見せた。

「まず、自身番でおいねと名乗った娘、嘘を言ったわけですが、おうおうにして嘘のなかには真の一つや二つが含まれているものです。その証《あかし》に、甚三郎長屋は本当にあった。が、おいねという娘が暮らしていたわけではない。となると、そこに住んでいた者と懇意《こんい》にしていたはずです。おそらくは男」

「なるほど」

「で、娘は子を産んだが、育てられずにもらい子に出した。ということは、その男とは夫婦になることができなかった」

「なるほど、なるほど」

「子が川で見つかったのは四月、そのとき産まれてから七ヶ月くらい、ということは産まれたのはおそらく九月」

「うむ、それは確かですな」

大きく頷く勝之進に、加門は二本目の指を立てた。

「さて、九月に産まれたとなれば、懐妊がわかったのはおそらく三月頃でしょう。娘はそれを男に告げたはず」

「ああ、なるほど、いや、そういうものですな」

「はい。あとは、男次第です。男に夫婦になる気はなかった。男によっては、子が流れることを願って、あやふやに対するかもしれない。あるいは、すぐに逃げ出すかもしれない。すぐであれば春、適当にあしらっていれば、夏まで引っ張る」

「ほう、そうですな、はぐらかしていればすぐに月日は経つもの。が、そうか、子が育って腹が目立てば、親や周りが騒ぎ出す」

「そうです、夏にもなれば、もう目にも明らかになります。ぐずぐずしていた男であれば、そこで切羽詰《せっぱつ》まって逃げ出すことになる。なので、春か夏に長屋を出て行った男はいないか、と訊いたわけです。すると、まさに五月に消えた男がいた、と」

「ほほう、なるほど」

「それで、男に通っていた娘はいなかったか、と訊いたところ、上州屋のおこまという娘の名が上がったわけです」

「ほうう」

勝之進は前に進んで、加門の顔を改めて覗き込む。

「いやぁ、さすが御庭番、探索にぬかりはありませんな。ですが、なにゆえにこれほどの探索をしてくださったので」

「ああ、それは……」加門は言葉を選びながら、

「この話がお耳に入って、捨て置けぬこと、と。探索し見届けよ、との命《めい》が下ったのです」

「命が……」勝之進の上体がのけ反《ぞ》る。

「そ、その命を下されたというのは、も、もしや……」

「ああ、まあ……」

加門は顔を逸らすと、手を上げた。

「さ、見えてきましたよ、上州屋です。わたしがおこまという娘を呼び出しますから、顔を確かめてから来てください」

「あいわかりもうした」

勝之進は胸を叩き、店の中が見える場所に立った。

乾物屋に入った加門は、すぐに勝之進を振り返った。店の中で娘が豆を選っていたからだ。

勝之進は頷いて、近づいて来る。

「これ、そこの娘」

顔を上げた娘は、勝之進の姿を見て、あっと腰を上げた。勝之進が前に立つ。

「やはりそなたであったか、おいねと名乗ったが、実はおこま。わたしを覚えているであろうな」

はい、と掠《かす》れ声で頷くおこまのうしろから、父親の上州屋主《あるじ》が駆け寄って来た。

「ああ、店先ではなんですから、奥へ、ささ、お上がりください」

加門と勝之進は頷き合い、座敷へと上がった。

「いやいや、この娘の不届きはこの親父のせい、なんでも番屋に駆け込んだとか、お許しくださいまし」

汗を拭く父の横で、おこまは首を縮めている。

「いや、なにも咎めに来たのではない」勝之進は咳を払う。

「察しはついている、今日、来たのは産婆について訊くためだ。子を渡した産婆はどこのなんという名の者か、それさえわかればよいのだ」

「ああ、そうでしたか」父親がほっとした面持ちになった。

「いや、それならあたしから。産婆は湯島天神下《ゆしまてんじんした》のおひさという婆さんで」

「ふむ、おひさ、か。その者から誰の手に渡ったのかは、わからんということか」

「へい、あたしどもは五両を付けて渡し、今後は一切関わらず、と証文も入れましたんで。それが、あとになってもう、このおこまのやつが、やっぱり返してほしいと言い出しまして……しょうがなくおひささんを訪ねたんですが、今更返すことはできない、と突っぱねられましたんでごぜえます」

「なるほど、証文を入れたのなら、相手にも言い分はあろうな」

「はあ」父親は肩をすくめながら、上目で武士二人を見た。

「あの、このことは町の衆には内緒にしておりまして、親戚にも言ってないんです。なにとぞ、ご内密に……。おこまは、いずれちゃんと嫁に出したいもんですから」

「ああ、わかっている」勝之進は手で制す。

「産婆さえわかればいい、余計なことは言わぬから、安心しろ」

へえ、と頷きつつ、主は加門を下からそっと窺う。加門は、

「はい、心配には及びませんよ。わたしは医者なもので、産婆について知りたかっただけですから」

穏やかに返した。

父と娘は見つめ合って、ほっと息を吐いた。

三

翌日。

医学所で薬の調合をしていると、足音がやって来た。

「加門、来ているのか」浦野正吾が笑顔で向かいに座る。

「久しぶりではないか、元気か」

「ああ、だが、わたしも十日ほど前に来たのだぞ、そなたは最近、あまり来ないと言っていたが」

「うむ、そうなのだ」正吾は頭をかく。

「こちらの手伝いを減らして、町医者として方々《ほうぼう》の家に行っているのだ。その、稼がなくてはいけなくなったのでな」

照れを見せる顔に、加門は膝を打った。

「もしや、妻を得たのか、前に話していた、確かおときちゃんであったな、その女《おなご》と夫婦になったのか。許しを得たのか、よかったではないか」

ああ、と笑顔で頷くが、その片眉を小さく寄せた。

「だがな、許しを得たわけではない。家を出たのだ。今は小さな家を借りて暮らしている」

「え……駆け落ちしたということか」

驚く加門に、勝之進は苦笑で頷く。

「ううむ、まあ、そんなところだ。許しは得られそうにないのでな、腹を括ることにしたのだ。昔、将翁先生に教わったことを思い出してな、そら、薬を選んだり病を治したりするときに、大事なことから手を付けていけ、と言われたろう」

「ああ、いくつもの症状があるとき、全部を治そうとすれば、時がかかり、そのあいだに悪化することもある。時には最も大事なものをとって、ほかはあとまわしにしてもよい、と教えられたな」

「そうだ、それを思い出したのだ。右も左もどちらもうまくやろうとするから、いつまでも物事が進まないのだ。どちらか一つを選んでしまえばいい。そう考えてな、わたしは家を捨てることにしたのだ」

「なるほど」加門は改めて友を見る。

「家長の顔になったな」

「お、そうか」正吾は照れて目を細めた。

「そのうち、家に寄ってくれ、あばら屋だがな」

おう、と加門は友の肩を叩いた。と、

「宮地先生」表のほうから声が上がった。

「八丁堀《はっちょうぼり》の旦那がお見えですよ」

おっと、と加門は立ち上がる。

「行かねばならん、またな、正吾」

加門は表へと向かった。


上野広小路《うえのひろこうじ》を歩きながら、勝之進は隣の加門にささやいた。

「産婆のおひさというのは、よく言う者と悪く言う者と両方でしてな、つかみどころこのない婆さんのようです」

「へえ、もう年寄りなのですか」

「ええ、わたしは遠くから姿を見ただけですが、ありゃあ六十は過ぎているでしょう。しゃんとはしていましたがね。おっと、その道を左に入ります」

湯島天神《ゆしまてんじん》や上野寛永寺《うえのかんえいじ》が間近のこの辺りは、人も多く町家も建てこんでいる。何本かの路地を通って、勝之進は小さな家の前に立った。

いるといいが、とつぶやきながら、勝之進はいきなり戸を開けた。

「産婆おひさ、御用で尋ねる」

ずかずかと入ると、中から慌てた足取りが出て来た。

「おやまあ」土間に立つ二人の侍を見て、おひさは上がり框に膝をついた。

「八丁堀の旦那とは、こりゃまた、なんの御用でしょうかねえ」

腰から覗く十手に、顔をしかめる。

勝之進はそれをすらりと抜くと、おひさの眼前で振った。

「そのほう、もらい子の口利きをしているであろう」

「へえ、しておりますよ。産んだ親がもらい手を探してほしいというんで、つなぐだけのこと。悪いことはしちゃいませんがね」

堂々と胸を張るおひさに、勝之進はぐっと詰まって、十手を戻した。

「む……まあ、いい。そういうもらい子は多いのか。去年あたりから、江戸で赤子の殺しが続いているのは、知っているだろう。あれはもらい子に付けられた金目当てのやり口ではないか、と町奉行所では考えているのだ。そなた、金の付けられた子を口利きしたであろう」

加門は横目で勝之進を見る。やはり、町奉行もそれを疑っていたのか……。

「そりゃあ、いますよ、金子付きの子も」おひさはさらに胸を張る。

「なんにも付かない子もいれば、三両や五両、ああ、七両付けられて渡された子もいたねえ。そら、親次第ですよ」

「そなたにも少しは入るのか」

勝之進の問いに、おひさは頷く。

「ええ、金子の付く子は、あたしにも少しの礼が出ますがね、いけませんか」

「いや、咎めようというわけではない。ではおひさ、そうして渡した子のなかに、首に赤い痣のある赤子はいなかったか」

「赤い痣、首ねえ……ああ、そういや、いたね」

「いつの話だ」

「去年の秋ですよ」

加門と勝之進は顔を見合わせた。

「その子は誰に渡したんです」

加門が問うと、おひさは首をひねったあとに、手を打った。

「ああ、あれは平吉《へいきち》さんだね。上州屋の子もあの子も、どちらも引き取っていったんだ」

「どちらも」

「ああ、どちらも金子が付いたからね。平吉さんはそういう子しか預からないんだ、すぐにもらい手が見つかるからって言ってね」

加門と勝之進は目顔で頷き合う。と、その目が奥へと向いた。赤子の泣き声が聞こえてきたからだ。

ああ、とおひさは声をひそめた。

「母と子がいるんですよ」

「ここで産んだのか、そういうこともあるのか」

勝之進が襖の隙間に首を伸ばすと、おひさは遮《さえぎ》るように手を振った。

「普通は家で産むんですけどね、こっそりとここで産む女もいるんです。赤子は泣き声で周りに知られちまいますからね」

「では、もらい子に出すまで、ここで育てるのですか」

加門が問うと、おひさは肩をすくめた。

「そりゃ、いろいろですよ。産んですぐに出て行く女もいます。なかには手籠《てご》めにされて身ごもったお人もいますからね、乳もあげたくない、ということもあるんですよ。そういうときには、近所のおっ母さんらにもらい乳です」

男の二人の眉が寄った。

おひさはそれを見て、やっと目元を弛めた。

「ほんとにいろいろ……まあ、とりあえず八ヶ月くらいまで乳をあげれば、あとはお粥でも育ちますからね、そこからもらい子に出すんです。乳母《うば》が雇える家は、乳飲み子でももらっていきますけどね、そんなのはそうそうありゃしない」

「そうか」勝之進は咳を払う。

「して、その平吉とやら、なんの仕事をしているのだ、どこに住んでいるか、知っているか」

「仕事はわからないけどねえ、家は長谷川町《はせがわちょう》と言ってますよ」

「長谷川町、長屋の名はわかるか」

「長屋じゃありませんよ、家持ちだって自慢してますから」

「家持ち、年寄りか」

「いいえ、三十過ぎでしょう」

「顔と姿はどんなですか」

　加門も問う。

「顔はそうねえ、下駄だねえ、背は小さいけど、肩幅なんかはしっかりしてるよ」

「何人くらい子を渡したのですか」

「そうねえ、あそこは確か八人、だったかねえ」

　奥から子の泣き声が響いてくる。

　おひさは腰を浮かせると、勝之進を見上げた。

「もういいですかねぇ、あの子らの面倒を見なけりゃいけないし、それがすんだら行く家もあるしで、こう見えて忙しいんですよ」

「ああ、わかった。邪魔したな」

　踵を返すと、二人は外へと出た。

「顔が下駄か」歩きながら加門はつぶやく。

「丁稚が見たという男ではないですね」

「あ、そうですな、あっちは饅頭でしたな」

勝之進は懐手になる。

「いずれにしても次の探索は平吉ですな。宮地殿、家を突き止めたら、また、お報せしてもよろしいか」

「ええ、ぜひ教えてください。わたしはこの先、医学所に通いますから、いつでも来てください」

「それは心強い」

「いえ、わたしも最後まで見届けねばなりませんから」

「お役目、でしたな」

勝之進はかしこまって半歩下がる。

「いえ、偉いのは命じられたお方。わたしは三井殿と同じ御家人です、お気楽に」

加門は笑顔で、勝之進と並んだ。

四

数日後。

　医学所に迎えに来た勝之進に案内されて、加門は長谷川町へと向かった。

「家はすぐにわかったのですが、平吉という男、ふらふらと出歩いてばかりいまして、まっとうな仕事はしていないようす。ときどき、口入れ屋《くちいれや》に顔を出して手伝ってはいるようですが、それも午後のしばらく。夜は岡場所に入り浸り、朝帰りです。今朝、見張っていたら、戻って来ましたんで、とりあえず、話を聞きましょう」

「見張っていたら、ということは、三井殿は岡っ引きは使っていないのですか」

　加門の問いに、勝之進は苦く笑う。

「以前は使ってたんですが、わたしの名を出して飯屋でたかっていたのがわかったものですから、切りました」

　へえ、と加門はその横顔を見る。飯屋でたかるのは、同心自身がよくやることだと聞いている。飯どころか、ただ酒まで飲んでいるのを見たこともある。生真面目《きまじめ》だな、と加門は口元を弛めた。

「そら、その家です」

　大きくはないが、表に面したいい場所だ。

　つかつかと歩み寄ると、勝之進は戸を叩いた。

「平吉、いるな、開けるぞ」

返事を待たずに戸を開ける。土間に二人が立つと、慌てて出て来た平吉が顔を歪めて見下ろした。

「なんですかい、いったい」

勝之進は腰の十手を抜き、前で振った。

「聞きたいことがある。そのほう、湯島天神下の産婆おひさから、もらい子を預かったことがあろう」

むっと口を曲げて、

「ああ、ありやすよ。あっしは口入れ屋も知っているし、顔が広いんでね。おひさ婆さんにも頼られてまさ。それがなにか」

「ふむ、子を渡した先を教えてほしい」

「先ねえ、いちいち覚えちゃいませんね」

「そんなことはなかろう。金子の付いた子だと聞いているぞ、いつ、誰に渡したか、書き付けくらい残っているだろう」

「書き付けえ……」平吉は身を反らして笑い出す。

「んなもの、あるわけねえ。旦那、あっしはね、いろはってやつは、とまでしか書けねえんだ。五つのときに口減らしで奉公に出されてよ、寺子屋だって行ったことはねえ。藪入《やぶい》りで家に戻ったら、親兄弟もいなくなってた始末よ。そんな野郎に書き付けなんぞ作れるもんかい」

「ふむ」と、勝之進は十手を揺らす。

「そうか、しかし、すべて忘れたわけではあるまい。おひさは、八人は渡したと言っていたぞ。何人でもいい、覚えている先だけでも言うんだ」

「いやぁ、誰だったかなぁ……なにしろ、うちには世話をするような女がいるわけじゃねえ、受け取ってその日のうちに渡しちまうんでねえ、思い出せるかなあ」

薄笑いを浮かべて、首をひねる平吉に、勝之進は十手を突きつけた。

「首に赤い痣のある赤子が、殺されて川で見つかったのだ。その子はおひさが取り上げて、そなたに渡したと言っているのだぞ」

平吉は目を逸らす。

「痣ねえ、そういう赤子はいっぱいいるでしょうに。あっしは覚えちゃいませんね」

平吉は黙ってやりとりを聞いている加門を、ちらりと見た。

加門は「では」と、穏やかに口を開く。

「思い出したら、教えてもらうことにしましょう」

どう動くか探ったほうがいい……。加門のその考えを目顔で伝える。それを読み取ったように、ふむ、と勝之進は十手を下ろした。

「そうですな、そうしましょう。では平吉、三日後にまた来るからな、そのときまでに何人かでも渡した相手を思い出しておいてくれ」

「はあ」

気の抜けた平吉の声を背中で聞きながら、二人は表へと出た。戸を閉める大きな音も、背中を追って来た。

「したたかな男ですね」

加門のつぶやきに、勝之進も頷く。

「嘘をついているのは明白だが、押さえどころがつかめませんな」

二人は小さく家を振り返った。


医学所に戻った加門は、空が黄昏色に変わるのを待って、袴の紐を解いた。着流し姿で、昼間訪れた長谷川町へと赴《おもむ》いた。

平吉の家の前をゆっくりと行き過ぎ、また戻る。

辺りは夕暮れの薄闇が広がりはじめた。

あ、と加門は足を緩めた。家の戸が開き、平吉が出て来たのだ。

早足の平吉は、辻で曲がり、裏路地へと入って行く。

間合いを取って、加門はそのあとを追う。

うしろ姿はやがて長屋の門をくぐった。

与兵衛店《よへえだな》と書かれた木札が、門にかかっているのが見てとれた。

「おい、半七《はんしち》、いないのか」

戸を叩きながら、平吉が声を上げる。

ちっ、という舌打ちをして、平吉が向きを変えた。加門は、細い路地に身を隠す。

「おい、婆さん」平吉の声が聞こえる。

「半七の奴、戻ってねえのか」

「はあ、いたさ。けど、さっきいそいそと出かけて行ったね。また、岡場所だろう。いつものように朝帰りさ」

「ちっ……そいじゃ、婆さん、明日、野郎が帰ってきたら、平吉が呼んでたって伝えてくんねえか」

「ああ、いいよ」

「頼んだぜ」

平吉の足音が、道を通り過ぎて行く。

遠ざかったと同時に、加門は路地から出て長屋へと入った。

そのまま井戸端で青菜を洗っている老婆に近づく。

「今、平吉さんが来てましたね。半七さんのところにはよく来るんですか」

声をかけられ、老婆は加門を見上げた。

「ああ、よく来るよ。遊び人同士、気が合うんだろうね」

「半七さんも遊び人なんですか」

「ああ、そうさ、働いたとこなんか見たことない。賭場《とば》で稼いでいるってぇ噂だよ」

加門はしゃがんで、老婆と顔を合わせた。

「半七さん、赤ん坊を連れて来たことはないですか」

「赤ん坊……あの男は独りもんだもの、いやしないよ」

老婆は手を振る。が、その手をふと止めた。

「ああ、待てよ、そういや、前に赤ん坊を抱いて帰ってきたことがあったね。すぐにいなくなったけど」

「それはいつですか」

「去年の春だったかねえ。泣き声がしたから覗きに行こうとしたら、すぐにやんだもんだから、ちょいと気になったのさ」

「そうでしたか」

加門は立ち上がると、閉められたままの半七の部屋の戸を見つめた。


翌朝。

身支度を終えた加門に、鈴を抱いて入ってきた千秋は「あら」と目を見開いた。股引に尻ばしょりという町人姿に、

「今日はお城ではないのですね」

と、近寄る。その手を加門の頭に伸ばすと、髷に指を入れて乱した。

「このくらいのほうが、町人らしく見えます」

「そうか」

微笑む加門の足下に、草助が小走りで寄って来た。

「父上ー」

おう、と加門は息子を抱き上げる。

たちまちに笑顔になった草助を、加門は高く上げた。

「重くなったたな」

「ええ、すくすく育ってますから」

鈴をゆすりながら目を細める千秋に、加門は真顔になった。

「もっと子を作ろうな、何人でもいい」

あら、と千秋は小首をかしげる。

「それはかまいませんけど、どうなさったのです、急に」

「ああ、命を増やしたくなったのだ」

加門は草助を抱き上げたまま、くるりとまわる。

笑い声を放って、草助が身をよじる。

「さあて」笑い続ける息子を下に下ろすと、その頭を撫でた。

「父は出かけてくるぞ」

用意していた籠を取り上げると、加門は千秋に笑みを向けた。

「行って来る」

「はい、いってらっしゃいませ。お気をつけて」

戸口まで見送る妻と子に頷いて、加門は屋敷を出た。

昨日も訪れた長谷川町に着くと、加門は平吉の家が斜めに見える道端で止まった。

籠から取り出した土瓶《どびん》を並べ、手ぬぐいを頬被《ほおかむ》りして、地べたに座る。あちらこちらにいる道端の物売りの一人になった。

道を行き交う人々の足のあいだから、平吉の家をじっと窺う。訪れる姿はまだない。しばらくそうしていた加門が、その顔を上げた。

前を通る男に、手を伸ばす。

「旦那、土瓶はいりませんか」

その声に、着流しに黒羽織の足が止まる。三井勝之進だ。

「土瓶はいらん」

首を振る勝之進の裾を引っ張ると、加門はにっと笑って見せた。

「あ」と声が上がり、勝之進がしゃがんだ。

「宮地殿でしたか」見開いた目で、唾を呑み込む。

「いや、これは、さすが……わかりませんでした」

加門は土瓶を手に取って見せるふうを装いながら、小声を出した。

「実は昨日……」

長屋での出来事を説明する。

「なんと、ではその半七とやらが、怪しいということですな」

頷きつつ、加門は「来た」とささやいた。

平吉の家の戸を一人の男が開けようとしている。細身で細面《ほそおもて》の若い男だ。

「饅頭ではなかったか」

加門のつぶやきに、小さく振り返った勝之進も頷く。

「だが、あれが半七で間違いありませんな」

「ええ、行きましょう」

加門は立ち上がると、家へと寄って行く。脇の路地から裏へとまわる加門に、勝之進も付いてくる。

窓の近くで、二人は息を潜めた。

家の中から声が聞こえてくる。

「八丁堀が来やがったんだ、おめえ、なにかへましたんじゃねえだろうな」

平吉の声に、

「とんでもねえ」とうわずった声が返る。

「おれぁ、いつも夜中に捨ててるんだ。錦糸堀《きんしぼり》に埋めたときだって、誰にも見られちゃいねえ。たまたま水が増えて、川に流されちまっただけだ」

「ふん、だが、あれで赤子の殺しが知れ渡っちまったんじゃねえか。深く埋めねえからだ、馬鹿め」

「いや、ありゃ大水が悪いんだ、おいらは……あ、そうだ、留三《とめぞう》の奴がなにかやらかしたのかもしれねえ」

「あん、留三か……ふん、そうかもしれねえな、おめえ、留三にも伝えとけ。おれぁ、二、三日のうち江戸を離れることにした。しばらく戻らねえから、おめえも考えな」

「離れるって、どこに行くんだい」

「武州《ぶしゅう》に親父の身内がいっから、そっちに身を寄せるかな」

「武州……おれぁ銭持ってねえし、行くとこなんかねえよ。餓鬼《がき》んときに捨てられたんだから、身内なんか知らねえし」

「そんなことは俺の知ったこっちゃねえ。おめえには銭をたっぷり渡したじゃねえか。それで、なんとかしろ」

「たっぷりって、兄《あに》ぃだって上前はねたじゃねえか。それに、もう遣っちまって残ってねえよ」

「だったら、工面しやがれ。とにかく当分、身を隠しな、留三にもそう言っておけ。いいか、たとえ捕まっても、おれのことは言うんじゃねえぞ」

立ち上がる音に、もう一人も続く。

半七が外に出て行く気配が伝わってきた。

急いで家から離れ、加門は土瓶を籠に戻す。

「わたしは半七を付けます」

「承知、わたしは奉行所に戻って、上に知らせます。逃げ出す前に、捕まえる手はずを整えねば」

頷き合って、その場を離れる。

加門は籠を担いで、半七のあとを追った。


半七は少し先の辻を曲がり、裏道に入って行く。

突き当たりは長屋だ。

加門は籠を背負って、ゆっくりとあとを追った。

半七が中ほどの家の戸を叩く。

「おい、留三」

戸はすぐに開けられ、男が姿を見せた。丸顔で色が白い。

あれが饅頭か……。加門は横目で見ながら、通り過ぎた。

「わかったな」

半七が言いながら走り出す。

このまま逃げる気か……。加門は再びそのあとを付ける。

半七は自分の住む与兵衛店へと戻って行った。

五

屋敷に戻って着替えた加門は、その足で南町奉行所へと出向いた。

「ああ、宮地殿」出て来た勝之進が奥を指す。

「今、手はずを整えています。逃げる隙を与えないように、すぐに捕まえることにしました」

「そうですか、もう一人の留三の居場所がわかりました。わたしが案内します」

「おお、では、頼みます。三手に分かれるように伝えてきます」

奥へと行った勝之進はすぐに戻って来た。

外には、寄棒《よりぼう》や捕縄《とりなわ》を持った役人と配下らが集まって来ている。

「行きましょう」

一群は、長谷川町へと駆け出した。

一人の同心に、二人ずつ中間《ちゅうげん》と小者《こもの》が従っている。

長谷川町に着いてからは、平吉の家と半七の長屋に分かれて行った。

「こっちです」

加門は先に立って、留三の長屋へと向かう。

いきなり駆け込んで来た役人らに、長屋の者らが慌てて顔を覗かせた。

「皆は、控えていろ」

勝之進は進み出て、加門と並ぶ。戸の前で、

「留三、出て来い」

と、声を上げる。と、同時に勝之進は戸を開けていた。

二人が土間に飛び込む。

留三はおろおろと膝で進んでくると、上がり框で正座をした。

「お、お許しを」

額を畳に擦り付ける。

震えている肩を見て、加門と勝之進は顔を見合わせた。共に、握りしめていた拳が開く。留三の横には花簪《はなかんざし》が散らばっている。飾職人《かざりしょくにん》らしい。

「留三だな」

勝之進の問いに「へえ」と、留三の顔が上がる。と、その背後で泣き声が上がった。

奥の籠の中からの声、そして部屋の隅からは泣き声とともに、子供が這い出してきた。

おぼつかない足取りで立ち上がると、留三の背中にしがみつく。

「な、なんだ、この子らは」勝之進は狼狽を隠しつつ、留三を見る。

「そのほう、一年ほど前に、上野で赤子を捨てたであろう」

「へえ、すんません、勘弁してくだせえ」

再び額を落とす。

加門は座敷に上がると、浅い籠から泣いている赤子を抱き上げた。

「この子はどうしたんです」

「へえ、すんません」

留三は繰り返す。

「ちょいと、お役人さん」

外から女の声が上がる。

いつの間にか、家の前に女達が集まっていた。

「留さんは、悪さをするような男じゃありませんよ」

「そうさ、ちゃんと話を聞いとくれ」

加門は子を抱いたまま土間へと下り、女達と向き合った。

「そら」女の一人が子を指さす。

「留さんはちゃんと子の世話をしてるんだ、丸々としてるだろう」

「そうさ、あたしらが世話のしかたを教えたら、ちゃんとそのとおりやるんだから」

「まあ、どこの子かは知らないけどさ」

　一人は肩をすくめた。

　加門と勝之進は、改めて留三と向き合う。

「話を聞こう、どういうことだ」

　声を落とした勝之進を、留三は見上げる。

「あの、その、半七兄さんから、赤ん坊を渡されたんでさ、二分《にぶ》やるから始末しろ、と、言われて」

「始末」

　加門のつぶやきに、留三は頭を振る。

「いや、おいらいやだったんだ。けど、半七兄さんは神輿担《みこしかつ》ぎの仲間なんで、逆らえなくて……一応、首を絞めてみたんだけど……泣くし、かわいそうだし怖いしで、やめたんで……」

　なるほど、だから中途半端な痕がついていたのか……。加門は赤子の首を思い出す。

「それで、持て余して捨てた、ということか」

「へ、へえ、すんません」留三は加門を見る。

「けど、そのあとはやってません。半七兄さんからはまた赤ん坊を押しつけられたけど、殺すなんて怖くて、こうして置いておくことにしたんで」

留三は振り向くと、しがみついて泣いている子の小さな手を握った。

「おう、大丈夫だぞ、坊」勝之進が身をかがめてその子にささやく。

「いじめやしない、安心しろ」

子の泣き声が小さくなった。

「では、この子も」

加門は抱いた子を留三に示す。

「へえ、その子はこないだの四月に、渡されたんでさ。女の子で、かわいそうで」

女の子、と加門は泣き疲れて声が掠れた赤子を見た。では、この子が上州屋のおこまさんの子ということか……。

「三井様」うしろから、捕縄を持った小者が進み出た。

「お縄をかけましょうか」

女達がざわめく。

「ああ、よい」勝之進は手を振った。

「この者、逃げはすまい」

「へ、へい、逃げやせん」留三は膝で進み出る。

「子らを置いて逃げたりしません」

「そうだよ」女の声が上がる。

「留さんはそんなことはしないよ」

「そうそう、あたしらがついてるから大丈夫さ」

うむ、と勝之進が頷く。

「呼び出しがあれば、出て来るのだぞ」

へい、と留三がまた額をこすりつける。

「三井様」そこに外から別の小者が駆け込んで来た。半七を受け持った同心の手下だ。

「大変です、半七が逃げました」

「なに」

「わたしらは顔を知らないんで、お呼びしろと」

わかった、と勝之進は飛び出していく。加門も抱いていた子を留三に渡すと、そのあとに続いた。

「永代橋《えいたいばし》のほうへ走って行きました」

小者の言葉に、勝之進と加門は走った。が、橋の見えてきた辺りでその足を止めた。

大川の河口に近いこの辺りは、人通りも多い。あとを追って見失った中間や小者も、辺りをうろうろしている。

「走れば目立つから、きっと人混みに紛れているでしょう」加門は四方を見る。

「永代橋を渡るつもりか、あるいは海に出て船に乗るつもりか……どちらかでしょう」

「うむ、橋を渡れば深川の町に潜り込める、船に乗れば芝浜《しばはま》に行ける、か。では、二手に分かれましょう、わたしは永代橋に」

勝之進が向きを変えると、加門も背を向けた。

「では、わたしは海に」

二人は別の方向へと、分かれた。

大川の河口には、船着きの桟橋《さんばし》がいくつもある。

加門は堤の上からそれを見渡した。

あ、と加門は堤を駆け下りる。

桟橋から一艘《いっそう》の小舟がこぎ出そうとしている。その船上、数人の客のなかに半七の姿があった。

「その船、待て」

駆ける加門の姿に、半七が腰を浮かせた。懐から匕首《あいくち》を抜くと、構える。周りの客がどよめいた。

棹《さお》を差していた船頭も気づき、手を止めた。

桟橋から離れつつある船尾に、加門は向かって行く。

桟橋を蹴り、船に飛んだ。

「きゃぁっ」

揺らいだせいで、客らが騒ぐ。

半七は客の女を背後から抱え込むと、喉に匕首を突きつけた。

「来るな」

うわぁ、と声を上げて、客らが船尾に集まって来る。

加門はそれをかき分けると、すらりと刀を抜いた。

半七の目の前に切っ先を向け、

「船頭、船を戻してくれ」

と大声を放った。

「へい」

棹が差し直され、船はぐらりと揺れた。

「戻すなぁ」

半七は叫ぶと、匕首を握った手に力を込めた。

「よせ」

加門は刀を振り上げる。手をひねり、峰を下に向けると、それを振り下ろした。

半七の肩を打つ。

鈍い音がして、半七の手から匕首が落ちた。

身をよじる半七の腕から、女が逃れる。

加門は半七の腕をひねり上げ、川岸を振り返った。

騒ぎに気づいた同心と手下が、桟橋を走って来ていた。


ひと月後。

加門は南町奉行所の前で佇んでいた。

もらい子殺しの沙汰《さた》が下る日だ。

「宮地殿」

勝之進が小走りで現れた。

「どうなりましたか」

歩み寄った加門に、勝之進は大きく頷いた。

「出ました、お沙汰が。金目当てに子をもらい五人も殺したこと、不届き千万、よって半七は引き廻しの上、磔《はりつけ》。平吉はもらい子の口を利き、上前をはね、半七をかばったことで引き廻しの上に死罪、です」

「そうですか、思ったとおりでしたね。で、留三は」

「はい、留三は所払《ところばら》いです。子を捨てた不届き、半七の行いを薄々知っていながら黙っていた不届きで。しかしながら、二人の子を救い、育てたことに温情をかけられたのです」

「そうですか。所払いならば長谷川町を出ればすむ話、留三もほっとしたでしょう」

「ええ、宮地殿のおかげです。捨て子を引き取った八百屋の主は、子が元気で育っていると、お白洲《しらす》で話してくれましたから」

「いや、気のいい夫婦で助かりました」

加門は夫婦の顔を思い出す。留三のため、詮議《せんぎ》の場に出てくれないかと頼みに行くと、夫婦は鶴松を撫でながら快諾《かいだく》してくれた。

「それにもう一件」勝之進は指を立てる。

「詮議には、深川の上州屋の主も出て来たのです」

「そうだったのですか」

加門は目元を弛めた。

おこまは留三が育てていた我が子を、手元に引き取っていた。加門がそのことを話してくれないか、と主に言ってみたところ、首を縦には振らなかったのだ。娘が子を産んだことを、やはり表に出したくない、という心情を察して、加門は引き下がるしかなかった。

勝之進は片目を細めて、ささやく。

「あの主、どうやら考え直したようです。孫であることを皆に広めたくなった、と言っていました」

「なるほど、孫のかわいさに気持ちが和らいだ、と」

「そういうことですな、で、孫を救ってくれた留三には礼を言いたい、とまで言って。さらに、深川の長屋を世話してもいい、と言ったのです。それがお奉行様の心証をよくしたのでしょう」

笑みを浮かべて頷く勝之進に、加門も笑顔を返す。

「いや、よかった。もう一人の子は留三になついていたようですし、行き場をなくすのはかわいそうだ」

「ええ、留三は自分で育てると言っていましたよ」

「へえ、情の深い……簪を作るくらいだから、心根が優しいのでしょうね」

「ええ、これで女房を持てれば御《おん》の字でしょうが、まあ、あの饅頭ですからなぁ」

「いや、大福餅《だいふくもち》のようで愛嬌がありますよ」

二人は笑い出す。

「しかし、よかった、これでご報告するのも少し気が楽になります」

加門の言葉に、勝之進は姿勢を正す。

「公方様にお伝えするのですな……その、わたしの名も出るのでしょうか」

「ええ、それは。そもそも三井殿が殺しと見抜いて意見をしなければ、うやむやにかたづけられていたかもしれない。そうなれば、もっと犠牲が出たでしょう。ちゃんとお伝えします」

「いや、それは宮地殿の慧眼《けいがん》あればこそ。わたしなどは……」

身をよじる勝之進の腕を、加門はぽんと叩いた。

「お手柄です」

第五章　流れの果て

一

江戸城中奥。十月。

「意次、いるか」

加門のささやきに、すぐに襖が開いた。

「おう、待っていたぞ、うちから弁当が届いたのだ、いっしょに食おう」

加門が宿直であることを前から伝えていたため、意次が命じたらしい。二重の折に、二人分の菜や魚などが、彩《いろど》りよく詰められている。

「このぜんまいの煮物はうまいな」

箸を動かしながら目を細める加門に、

「そら、そなたの好きな海老《えび》しんじょもあるぞ」

意次も微笑む。

「そういえば、田安家が寿丸殿《ことぶきまる》を世継ぎとすること、願い出ていたのを知っているか」

「ああ、聞いた。生まれたのが去年の十月だったな、やっと一年を過ぎたばかりであろう、それで世継ぎとは……」

田安家の主徳川宗武にとって、寿丸は五男だ。これまでの四人の男子は、皆、幼いうちに世を去っていた。

言葉を止めた加門は、いや、と首を振って、また口を開いた。

「一橋家のように養子に出されてはたまらん、と手を打ったのだろうな」

「ああ、そういうことだろう。田安様は上様を常に警戒しているから、牽制《けんせい》したのだろう。上様はそれも飲み込まれた上で、世継ぎの許しを与えられたに違いない」

「そうか」加門はしんじょを飲み込む。

「これまでさんざん上様を脅かしていたお二人も、大御所様が亡くなられて以来、おとなしくなられたしな」

「うむ、もう、手出しはできまい。もうかばってくださる方はいないのだ、上様のお怒りをかえば、どうなるかわからないからな」

　二人は目顔で頷き合う。

　そういえば、と意次は上目になる。

「美濃三川の普請、報告が上がって来たぞ。八月に流行病《はやりやまい》が出て、薩摩藩士がいく人も命を落としたそうだ」

「流行病、どういうものだ」

「血屎《ちくそ》（赤痢《せきり》）と書いてあったな。どんな病なのだ」

「血屎か……腹を下《くだ》して、屎に血が混じるのだ。下し方が激しいゆえに、身体中の水気が抜けてしまって衰弱する。で、そのまま死んでしまうことも珍しくない、という病だ。厄介なのは、人に感染《うつ》るところでな、たちまちに広まってしまう」

「そうなのか」

　箸を止めて顔を歪める意次に、加門も眉を寄せる。

「何人くらい死んだのだろう」

「いや、それがはっきりしないのだ。高木水行奉行《すいぎょうぶぎょう》の書状には死者多数のもようと記されているし、青木郡代の書状には大したことはないように書かれている。どちらを信じればよいか、城表でも判断がつきかねているのだ」

ふうむ、と加門は口をへの字に曲げた。

「おそらく薩摩側が確かな数を告げていないのだろうな。犠牲が多いことを訴えると、御公儀に対して不満を述べていると取られかねない、そう判断したのだろうな」

「ほう、薩摩側の深慮ということか」

「ああ、家老で御手伝方総奉行を務めている平田靭負様は思慮深いお方でな、御公儀への不満を訴えようと逸《はや》る藩士を抑え、なだめておられる。薩摩藩主の島津重年《しまづしげとし》様はまだ二十六歳という若さだというから、代わりに国を背負う立場になっているようだ」

「なるほど、そのお方あっての普請ということか」

「ああ、藩士らも平田様の言うことには従っている。信頼され、慕われているのが見ていてもわかるぞ」

「ふむ、上に立つ者の鑑《かがみ》だな」

「ああいうお方は少ないだろうな。ああ、だが高木様も西家東家両家とも、家臣らからは慕われているな」

「へえ、そうなのか。では、水行奉行に任じたのは適役だったのだな」

「そうだな、土地のことをよく知っているしな」

うむ、と意次は気を取り直したように箸を動かした。高野豆腐《こうやどうふ》を飲み込むと、「土地といえば」と、目を上げた。

「木曽川上流の郡上藩《ぐじょうはん》では、やはり八月に百姓の強訴《ごうそ》があったそうだ。川普請の辺りからはずいぶん離れているのか」

「郡上か……遠いな。地図で見たが、ずっと上流で、下流から見てもどの辺りか見当がつかん。大事《おおごと》になったのか」

「いや、藩で抑えてすんだらしい」

「そうか、ならばいいが」加門はふと目を宙に浮かせた。

「まもなく十一月か……今年はこのまま終わってくれればよいな」

「そうだな、大きな災害もなく、それほどの騒ぎもなかった。いや、しかし、あっという間に年末、そして年明けだな。一年は早い」

肩をすくめる意次に、加門は笑う。

「まったくな、また年を取る」

「うむ、いや、だが子は育つ。そうだ、加門、わたしは来年から龍助を剣術道場に通わせようと思っているのだ、そなたも草助を通わせないか」

「道場か、それはよいな」

「ああ、道場仲間になれるぞ。そうなれば、わたしとそなたのように幼なじみの友にもなれよう、どうだ、よい考えだろう」

「おう、妙案だ、そうしよう」

互いに首を伸ばして頷き合う。笑顔で互いの肩をたたき合った。


翌宝暦五年、正月。

十五日の小正月も過ぎて二日目。

加門は将軍からの呼び出しを受けた。

大岡忠光と意次が従い、平伏する加門の前に、家重が座る。

「よい、面を上げよ」

少し顔を上げると、家重が小さく頷いた。が、言葉を発したのは、いつものように忠光だ。

「昨年行った美濃三川に、また行ってほしい」

「はっ」と加門は忠光を見た。

忠光が頷く。

「実はな、年末に二之手の普請が終わったと知らせたが来たのだ。この先、ほかの普請場もつぎつぎに終わるはず。そなた、普請のはじまりを見たゆえ、出来具合もわかるであろう。どのように変わったか、見届けて来てほしい」

「はっ、承知いたしました」

頭を下げる加門に、忠光は低い声で続けた。

「それとな、流行病でどれほどの犠牲が出たか、調べるのだ。病以外でも死んだ者がいるらしいと聞いているゆえ、それも確かめてほしい」

「はっ……病以外でも、ですか」

「うむ、病が流行る前から、それにあとにも、死んだ者がいるというのだ。なにゆえか、それを探るのだ」

はい、と頷きつつ、加門は沈思した。流行病の前後、ということは……。

「なんだ、なにか知っていることがあるのか。言うてみよ」

「あ、いえ、これはあくまでも推察ですが」加門はかしこまる。

「流行病が出たということは、おそらく暮らしぶりが万全ではなかったのだと思います。食の不足、水の濁り、身体の汚れなど、暮らしの障りで身体が弱りますと、流行病が起きやすくなるのです。そうなりますと、流行病だけでなく、人はいろいろな病にかかりやすくなります。前後、というのであれば、その辺りを調べるべきかと、今、考えた次第です」

「ほ、う」

家重の声に、加門は慌てて平伏する。

「これは、差し出たことを申しました」

「い、や……よ、い」

家重が頷く。続いて動く口を見つめて、忠光は頷いた。

「それが的《まと》を射《い》ているかどうか、確かめよ、と仰せだ」

「はっ」

「それとな」忠光の声が低くなる。

「こちらから出向いた役人の一人が、切腹したという知らせが届いたのだ」

「それは……」

顔を上げた加門に、意次が口を開いた。

「事が起きたのは、今月の十三日とのこと。腹を切ったのは御小人目付《おこびとめつけ》の竹中伝六《たけなかでんろく》という者。一之手の掛《かかり》で、泊まっていた藤丸屋《ふじまるや》という旅籠《はたご》で切腹したそうだ。だが、なにゆえにそのような義に及んだのか、それは伝えられていない」

聞いた言葉を頭の中にしまいながら、加門は改めて手をつき直した。

「承知いたしました、お申し付けの事柄、探索して参ります」

家重がゆっくりと頷く。

「た……ん、だ、ぞ」

は、と加門は額をつけた。

二

去年、歩いた東海道を加門と栄次郎は、また上《のぼ》っていた。

「しかしなあ」栄次郎が腕を上げて己の姿を見る。

「こたびは武士のままか、それでよいのか」

二人とも腰には二本差し、袴の膝から下を脚絆《きゃはん》で巻き、羽織の背に斜めの荷を負った侍の旅姿だ。

「このほうがいい、顔は同じでも姿が変われば、人は案外、見抜けないものだ」

「ふうむ、それは確かに。わたしは仲間の姿があまりに違っていて、御用屋敷の外で会ったら、気づけなかったことがあるな」

「そうだろう、さらに一年近くが経っているのだ、わかるまい。こたびは我ら、兄弟ということにしよう。姓は宮地と吉川で宮川、わたしは医術の修業中、そなたは絵師の修業中で京に上る途中、そういうことにしておけばいい」

「うむ、絵師というのは嘘でも気分がよいな」栄次郎は空を見上げる。

「あ、だが……あの者はどうだ、迫田弥之助といったか、薩摩の隠密方であれば、姿を変えてもわかるのではないか」

「ああ、わかるだろうな。しかし、あのお人には見抜かれてもかまわん。むしろ、気づいてもらったほうがいい」

「そうなのか、また、斬り合いになったりしないのか」

顔を歪める栄次郎に、加門は小さく笑って見せた。

「大丈夫だ、と、思う」

「思う、とは、頼りないな」

栄次郎は大きく首を振った。

加門は笑いを大きくして、背中を叩いた。

「あとは成り行きだ」

「なんと、そなたからそんな言葉を聞くとはな。じっくりと考えて慎重に策を練るのが加門のやり方だと思っていたぞ」

ははは、と加門はさらに背中を叩く。

「そうだな、以前はそうだった。だが、それでもうまくいくとは限らん。特に相手のあることはそうだ。こちらが考えていたのとは、まるで違う返しが来たりするからな、どうなるかわからん。それをいくども学んだゆえ、成り行きにまかせる、というのも方策の一つとなったわけだ」

「なるほどな」とつぶやいて、栄次郎は道の先を見る。

「確かに、思うようにいかないことのほうが、この世には多いな」

左前方に海が見えはじめた。

「おう、海だ、先に茶屋もあるぞ、少し休んで行こうではないか」

栄次郎が早足になる。

加門もそれに従った。

尾張側から堤を上り、二人はいく筋もの川が広がる三川を見渡した。

一月の水はいかにも寒々しい。おまけに、雲の広がった空が、水面を灰色に染めていた。

「おっ、見ろ」

栄次郎が指で示す。

去年、間近で普請を見ていた二之手の現場だ。以前にはなかった堤が築かれている。

栄次郎は斜面に座り込むと、荷を解いて筆と紙を取り出した。

「描いておこう」

「おう、わたしは四之手を見てくる」

加門は堤を上流へと歩く。と、まもなく四之手の普請場が見えてきた。

こちらではまだ多くの人々が働いている。二之手の掛《かかり》だった人々がこちらに移ったのだろう、去年よりも人が増えている。

川を隔てて、加門はじっとそのようすを見つめた。

藩士らは皆、筋肉はついているが細いのが遠目でもわかる。無駄な肉は一切、失われたに違いない。その身体で石を運び、土をならしている。その姿を一人ひとり、加門は目で追っていった。

いた、と加門は一人に目を留める。無事だったか……。

迫田弥之助だ。

加門はそのままそこに佇み、待ち続けた。

やがて、人々の手が止まる。

一人が号令をかけているようすが見てとれた。今日の仕事が終わったのだろう。

人々は着物を着直して、何艘かの小舟へと乗り込んでいく。そのまま輪中へと向かうのは、泊まっている百姓家に戻るためだろう。

舟のうちの一艘が、こちらの川岸に向かってくる。町に行くためだろう。乗り込んだ数人のなかに、迫田の姿があった。

よし、と加門は舟着き場へと向かった。

舟の百姓衆はそのまま残り、川普請の人夫らしい男達と二人の薩摩藩士が下りて来た。一人が迫田だ。

人夫は足早に堤を上がって行き、薩摩藩士がそのあとに続く。と、加門の前を通り過ぎて、一人が足を止めた。

「どがんした」

振り向く藩士に迫田が手を振る。

「先に行ってくりゃい」

迫田はくるりと向きを変え、加門に寄って来る。

「やっぱり、おはんじゃったか」

向き合った迫田に加門は小さく礼をした。

「久方ぶり、ご無事でしたか」

ふん、と迫田は片眉を寄せる。

「おいはな。じゃっどん、無事でなかったもんも多か」

「はい」加門は一歩、進んだ。

「それを伺いたかったのです。去年の八月に血屎が流行ったと聞いています。亡くなった方もおられたとか。何人、命を落とされたのですか」

「あれかい」迫田の眉間が狭まる。

「血屎だけで四十人以上、死によったたい」

「四十人以上……それは……」

目を見開く加門に、迫田はゆがんだ笑いを浮かべる。

「知らんとやったろう。平田様は、己の目が行き届かんかったせいじゃち言うて、その数、高木様にも伏せもうしたでな」

「そういうことか……いや、高木様からは少なからずの死者が出た、という知らせはあったのです」

「ほうか、あのお方はまっとうやち。じゃけ、平田様もいろいろと気いば遣われるとやろ」

「あの」加門はさらに半歩、寄った。

「ほかには……血屎が出たということは、身体が弱ったお人がもっといたはず、ほかの方々は大丈夫だったのですか」

「大丈夫なこつ、あるわけなかろうが」

迫田は、ゆがんだ笑いを放つ。はっ、と息を吐いて、広がる川や輪中を見渡した。

「血屎が流行る前から、倒れるもんがおったと。痩せて顔色が悪かこつなって、動けんようなる、ある朝、起きずに死んじょったもんもおる。秋にも冬にも、そうして死んだもんがおったとたい」

「それは……何人くらいですか」

「ほうさな、二十人以上は痩せて死によったの」

迫田は腕を組むと、ぐいと顎を上げた。

「もっと聞きたかか」

「はい」

加門は唾を呑み込む。

迫田は首を伸ばして、顔を近づけた。

「川に流されたもんもおるし、石に潰されて亡《の》うなったもんもおる、そげんごつして死んだもんも、二十人を越えておろう」

「二十人以上……」

「薩摩藩士だけでも九十人は亡うなっておるわ」

その目はまっすぐに加門を見つめる。

「そうでしたか」加門は目を伏せ、開いた。

「こたびはそうした実情を知るために来たのです。はじめから迫田殿を当てにしていました。教えていただき、ありがとうございます」

頭を下げる加門に、迫田は背筋を伸ばした。顎も引いて、改めて加門の頭から足までを見る。

「幕臣いうがは、誰もが小狡《こずる》く、情け容赦《ようしゃ》もなかち思うちょったが、そげんこつなかもんもいるちわかったたい。下っ端役人のなかには、よかお人もおるち。おはんも悪か男ではなか、と思うちょる」

思いがけない言葉に、加門は喉を詰まらせた。迫田はふっと笑いを浮かべて、川を顎で示す。

「川普請に長《た》けたもんを雇えるごつなって、普請がぐんとはかどったと。藩士二人の切腹も、その後、役人からの改めはなく、そのまま収まった。おはんの言うたことば、真でごわはったな」

あ、と加門の口がやっと開いた。

「それは、公方様のご配慮……今、聞いたお話も伝えますゆえ」

「ほうか」迫田は足を踏み出した。

「じゃっどん、こん普請のむごかこつ、そいだけでは伝わらん。おいの話だけでわかったち思わんでくりゃんせ」

迫田は堤に向かって歩き出す。

斜面を上っていく迫田の背が黄昏のなかに溶けていく。

加門はそれをじっと見送っていた。

三

加門と栄次郎は、上流へと歩き続けていた。

「風が冷たいな、まだか」

うつむいて歩く栄次郎の問いに、加門は先を指さす。

「まもなくだ、そら見えてきている」

川に挟まれた広い陸地が見える。小さな輪中ではない。

「舟で渡るぞ」

川岸から小舟に乗り、木曽川を渡る。

下りた村には田畑が広がり、家も多い。

加門と栄次郎はそのまま川沿いに歩き、隣の輪中が見える場所まで進んだ。三川の中央を流れる長良川だ。横へと伸びる細い川に、堰を造っている。

「去年よりはだいぶ進んだな。が、ここは大変そうだ」

栄次郎の言葉に加門も頷く。

「ああ、流れが入り組んでいるぶん、水の勢いが増すだろうな。手間取るはずだ」

加門はしかめた顔をうしろに振り向ける。

「さて、例の旅籠を探さねば」

二人は村の奥へと歩き出した。

「ここだ」

藤丸屋と書かれた看板を見つけ、加門は中へと入って行った。

「二人、泊まれるだろうか」

出て来た番頭に問うと「へえ、どうぞ」と、すぐに奥へと案内された。

「連れが足を痛めてしまったので、しばらくいたいのだが」

加門の言葉に、栄次郎は慌てて片足を引きずった。

「そりゃ、難儀ですのう、はあ、空いた部屋があるで、どんぞ」

「それは助かる」

番頭はからりと襖を開けた。

「せみゃあ部屋だけんど明るいし、ここなら今んとこ、二人で使えるだでね」

通された部屋を見まわして、加門は頷いた。

「ああ、これはいい、かたじけない」

へえ、と番頭は宿帳を置いて、出て行った。と、入れ替わりのように、茶を持った娘が入って来た。

「お茶、どんぞ。んで、宿帳もらいます」

「ああ、今、書く」

加門と栄次郎が筆を走らせるのを見ながら、娘は膝でにじり寄って来た。

「今晩、どうでしょうかね」

え、と加門が顔を向けると、娘はにっこりと笑って頷く。

ああ、そういうことか、と加門は腑に落ちた。旅籠には飯盛《めしも》り女がつきもので、夜には身を売るのが常だ。

「そうだな、では来るといい」

加門の返事に栄次郎は「えっ」と顔を上げた。

「そちらさんもですか」

「ああ」加門は頷く。

「二人ともでいい」

「お、おい」

慌てる栄次郎に、加門は目顔で「いいから」と返す。

「へえ、じゃ夜に来ますで」

娘は宿帳を抱えると、出て行った。


夜、栄次郎は横目で襖を窺う。その目を加門に移すと、小首をかしげて、また襖を見た。と、その襖が動いた。

「お客さん、入りますよ」

娘が入って来る。

「来たか、名はなんという」

加門はゆっくりと布団に横になりながら娘を見上げる。

「とりです」

娘は帯に手をかけた。

「ああ、おとりちゃん、それはいい」加門は手を振って、腹這いになる。

「この横に来てくれ、いや、金は払うから大丈夫だ」

はあ、とおとりが傍らに座ると、加門は顔だけで振り返った。

「親指を立てて、それで腰を押してくれ」

「はあ、こうですかいね」

「指の腹で押すんだ。指だけで押すと力が入らないから、腰を上げて、身体全体で押すといい」

はあ、と、おとりは言われたとおりにする。

「ああ、そうだ、うまいぞ。では、その指を三寸ばかりに上にずらしてくれ……ああ、いいぞ……そうしたら、つぎに指を左右にずらして……」

加門は指示を出していく。

おとりは手を動かしながら、首を伸ばして加門の頭を見た。

「こりゃ、なんですかね」

「指圧《しあつ》だ。身体にはツボというものがあってな、そこを押すと気持ちがよくなる。少し痛くても、あとで楽になるんだ」

「へえぇ、お侍さんちゅうのは、こんなこともしなさるだがね」

「ああ、わたしは医者の修業中なのだ。この技を覚えておくと、客から金をもらうこともできるぞ」

「え、ほんまに」

「ああ、枕はいらないという客でも、指圧を求める客はいる」

「そんなら、やる、やりますよ」

「よし、ではもう一度だ」

加門はそう言うと、身を起こして布団から下りた。

「では、栄次郎、やってもらえ」

顔をしかめながらも、栄次郎は腹這いになる。

加門はおとりの横に座って、先ほどと同じことを指示していく。おとりは言われたとおり、一所懸命に指を使う。

「よし、覚えが早いな」

加門の言葉におとりはにこりと笑う。

「けんども、なんでこぎゃあなこと、教えてくれるだがね」

「ああ、実は聞きたいことがあるんだ。おとりちゃんはいつからいる」

加門の問いに、おとりは目だけを動かす。

「十四のときに売られてきて、ずっとおるだがね」

「ずっとか、では、今月にこの宿で武士、竹中伝六という男が切腹したのは知っているか」

おとりは手を止めて、加門に向き直った。

「知ってるもなあも、ありゃあたしが見つけただがね」

え、と栄次郎身を起こし、加門と顔を見合わせた。

「いや、実は」加門はおとりを見る。

「あのお人はわたしの遠い親戚なのだ。我らが京に行くと言ったら、伝六殿の妻女が、この宿に寄って最期のようすを訊いてくれ、と言うのでな」

「ああ、そうなのだ」栄次郎も話を合わせる。

「このような遠い場所で死なれて、家の者は悲しんでいる」

「はあぁ、そうでしたかいね」おとりは頷く。

「けんども、話すなって言われちょるけえ、あたしから聞いたっちゅうのは、内緒にしてもらわんと」

「ああ、言わん、内緒だ。見つけたときのことを教えてくれ」

「へえ、明け方、あたしは女中部屋を出たんだがね、なにしろ飯炊《めした》きの用意をせねばならんでね、そいで廊下を歩いていたら、隅の部屋の襖が開いてたんだがね。そこはお客のいない部屋だったもんで、なんとのう覗いてみたら、人がいたんだわ。こう前のめりになって……」

　おとりは両腕を伸ばして、上体を倒す。

「そんで、なんじゃろかと入って見たら、血がこう……」

　手で円を描く。

「もう、びっくらこいて、慌てて番頭さん起こしに行って、お役人さんも起こして、そりゃ大騒ぎになったわね」

「それは驚いたことだろう」

　栄次郎がうんうんと頷くのに、おとりも大きく頷き返す。

「そうだったか」加門は腕を組む。

「ほかの役人は気づかなかったのだろうか、何人いたか覚えているか」

「へえ、そりゃ、お世話してましたでね、四人で一つ部屋に泊まっとっただね。だから、三人を起こして、すぐに部屋に連れて行ったんだがね。あと、御手付様にも知らせたから、すぐにみんな集まったがね」

「御手付……郡代の御手付のことか」

加門は青木郡代の手付である北川を思い出した。

「へえ、そうだがね。郡代屋敷のある笠松《かさまつ》はこっから遠いけえ、北川様とかが、しょっちゅうお泊まりなさるで」

「そうか、おとりちゃんが見つけたときには、もう息はしていなかったか」

「息……それは確かめなかったけれども、動いちゃいなかったあね……ああ、いんや、死んでたがね、あれは。顔が白かったで。前に宿で死んだお客さんと、おんなじ色だったでね」

「そうか、その竹中伝六殿の近くに、なにかなかったろうか。書状とか、封書とか」

「ああ、ありゃあした。脇に封書が置いてあったがね。広がった赤い血と真っ白が、妙に目についたから、覚えとりゃあす」

「では、それはそのあと、どうなったか、知っていようか。家の者は、遺書があったならほしいと言っていてな」

「はあ、そりゃあ」おとりは天井を見上げる。

「どうなったかは、わからんがね」

そうか、と加門は組んでいた腕をほどく。

「おとりちゃんは」栄次郎が首を伸ばす。

「竹中伝六殿から、なにか話を聞いたことはあるかい」

「いんや」おとりは首を振る。

「竹中様はあたしらなんかとは口を利きゃぁせんかったもん。よく口をへの字に曲げて怖かったから、あたしも近寄らんかったがね」

「そうか、いや、最期のようすが聞けてよかった。家の者らにも伝えられる」

おとりは肩をすくめた。

「ほんなら、もっと指圧を教えてもらえんかね」

「ああ、わかった」

加門は栄次郎に「寝ろ」と目顔で言う。

はいはい、と栄次郎は再び腹這いになった。

四

朝の味噌汁の香りが漂う部屋に、加門らは入った。宿屋の飯は皆が一部屋に集まって摂《と》るのが常だ。が、まだそれほど客は集まっていない。

加門は見渡すと、ある膳に向けて、栄次郎を誘った。膳に向かっているのは、舛屋伊兵衛だ。昨晩も同じ場所で食べていたが、周囲の膳が塞がっていて、近寄ることはできていなかった。

伊兵衛の隣に座った加門は、伊兵衛に向けて目顔の会釈をした。伊兵衛は小さく頭を下げる。よし、と加門は腹で思う。伊兵衛はこちらが去年会った筆墨売りだと、気づいていない。

加門は汁椀を口に運ぶと、

「いやぁ、味噌も江戸とは違うものだ」

と、栄次郎に言う。

「ああ、ここの味噌は赤いのだな。これもなかなかいい」

そのやりとりに、伊兵衛は箸を止めてこちらを見た。

「お侍さん方、江戸から来なすったんで。あたしも江戸にいたんですよ」

「ほお、そうですか、江戸はどちらに」

加門の問いに、

「紺屋町でして……」

伊兵衛は、町のようすなどを懐かしそうに話す。

「ああ、あの近くにはいい湯屋がある」

栄次郎も加わり、話は弾んでいく。

すべての碗が空になると、伊兵衛は真顔に戻って、箸を置いた。

「では、お先に失礼を」

出て行く伊兵衛を見送っていると、そこに寄って行く人影があった。おとりだ。

おとりはこちらを見ながら、伊兵衛に何やら話をしている。伊兵衛が驚いたように、こちらを見た。

加門は気づかぬふりをして、箸を動かす。が、その胸中で「しめた」と、つぶやく。

「ん、どうかしたか」

覗き込む栄次郎に、加門は首を振る。

「いや……今日は少し下流の三之手に行ってみよう」

ああ、と栄次郎は残りの飯をかき込んだ。

その夜。

飯をすませて、部屋に戻った加門はじっと耳を澄ませていた。飯時に、伊兵衛が少し離れた膳から、ちらちらとこちらを見ていたのはわかっていた。

来た、と加門は襖を見た。

足音が間近になり、止まると声が上がった。

「お侍さん方、おられますか」

伊兵衛だ。加門はゆっくりと襖を開けると、驚いたふうを装いつつ、

「ああ、これは紺屋町の……」

中へと招き入れた。

ためらいつつも正座した伊兵衛は、

「いや、ここのおとりちゃんから聞いたんです。お二人は竹中伝六様のご親戚だとか。実は、あたしは高木様に雇われた者で……」

と、己の身の上を語る。

「実は、一之手の普請場にいるもんで、竹中様とはいろいろとお話しもさせてもらっていたんです」

普請場でのことや、宿屋でのやりとりなどを語る。

「ほお、そうでしたか」加門は目を見開いてみせる。

「それは縁というもの。ぜひ、話を聞かせてください。伝六殿はなにゆえに腹を切ったのか、まったく伝わってこないもので、皆、納得できずにおるのです」

「ああ、それは」伊兵衛は眉を寄せる。

「いろいろとありましたんで……竹中様はまっすぐなお方でしたから、曲がったことが許せなかったんでございましょう」

「曲がったこと、とは」

少し離れていた栄次郎も、いつの間にか間近に寄って来ていた。

「はあ、藩士らに対して厳しすぎる、とよく言っておりました。去年、多くの藩士が病で亡くなったと聞いたときには、顔を赤くして憤っておられたほどで。まあ、竹中様は決して酒を口にしないようなお方でしたから。ほかのお役人は飲んでらしたんですが……竹中様は薩摩の方々を慮《おもんぱか》っておられる、とよくわかりました」

「なんと、律儀な」

栄次郎のつぶやきに伊兵衛が頷く。

「ええ、藩士も百姓衆も含め、耐える人々を見るのがつらい、とこぼされたことがありましたよ。ですから、耐えることを強《し》いる郡代様のやり方にも、異を唱えておられました。郡代様は下の者の言い分には、いっさい耳を貸さないお方なので」

「なるほど」話から見えてきた伝六の人柄を、加門は当てずっぽうに口に出してみる。

「伝六殿は義と仁を重んじるお人と、家の者が言うていました。それに反することは、許しがたかったのでしょう」

「ああ、はい、まさに。義と仁という言葉はよく聞きました。竹中様はお役人仲間から少々、煙たがられていまして、その分、あたしとはよく話してくださったんです」

間合いを取って座っていた伊兵衛が、大きくにじり寄った。

「実は、ほかにも憤っておられたことがありました。普請には石を大量に使いますんで、それを集めるのが大変なんです。で、石屋から買うんですが、その石屋を郡代様がお決めになっていたんです。その石屋は値が高く、薩摩から不満が出ていたんでございますよ。これではますます、借財がかさむ、と」

「それはそうだな」栄次郎が頷く。

「仕入れは安いに越したことはない」

「はい、薩摩側は別の石屋にしたいと願いを出したらしいんですが、郡代様はそれを聞き入れなかったという話で」

「ふうむ、なにゆえでしょうな」

加門のつぶやきに、伊兵衛はさらににじり寄って声をひそめた。

「ええ、薩摩側は納得できないことでしょう。なので、こういう声がささやかれ出したのです。郡代様は石屋の高値を許す代わりに、見返りを受け取っているのではないか、と」

「見返り」

驚く加門に、伊兵衛は慌てて手を振る。

「いえ、あくまでも噂でございますよ。なにもあたしが確かめたわけじゃありません。ですが、もしかしたら……」

伊兵衛は小さく首をひねった。

「なんです」

身を乗り出す加門に、伊兵衛はさらに声を抑えて言った。

「もしかしたら、竹中様はそういういろいろのことを表に出し、訴えたかったのではないか、と。お腹を召されてから、ふと思ったのです」

「なるほど、腹を切ればそのわけなどを詮議される、それを狙ってのこと、と」

栄次郎の言葉に、伊兵衛は上目で見返すだけだった。

「伊兵衛殿」加門も声をひそめる。「伝六殿が切腹した日、伊兵衛殿もこの宿にいたのですか」

「ええ、いましたとも」伊兵衛は上を見る。

「明け方、おとりちゃんの大きな声を聞いて、飛び起きました。部屋が近かったんですよ。で、廊下に出ると、おとりちゃんが腰を抜かして部屋から出て来たので、入ってみると……」

伊兵衛は顔を伏せて、振る。

「おとりちゃんは封書が置いてあるのを見たと言っていましたが、伊兵衛さんもみましたか」

「ええ、ありましたね。宛名のない白地でした」

「それはどうなったか、わかりますか」

「いえ」伊兵衛は大きく首を振る。

「すぐにお役人様や御手付様が来てあたしは追い出されましたから。おそらく、どなたかがお持ちになったのでしょう。あたしはそのこと、高木様にも申し上げたんですが、お困りになっていました。たとえ誰かが持ち去ったとしても、証もなく疑いをかければもめるだけ。手の打ちようがない、とおっしゃられて」

「なるほど」

加門は天井を仰ぐ。握り潰されたか……。そう思うと、深い息が漏れた。

伊兵衛も溜息を吐くと、顔を上げた。

「よいお方だったのです、竹中様は……」

目を細めて数々の思い出を話し出した。


数日後。

加門と栄次郎は長良川の岸辺へと駆けつけた。

「水が出た」と、宿屋で聞いたからだ。

堤の上に立つと、水嵩が増しているのが、ひと目でわかった。造りかけの堰にも流れがぶつかっている。

せっかく築いた堰が崩れなければいいが……。

人々も堤に上がって、荒れ狂う流れを見つめている。薩摩藩士や百姓衆、そして村人らが続々と集まって来た。

「おい」と、傍らの栄次郎が加門を肘《ひじ》で突いた。

堤の上で、村人が並んで手を合わせている。

「水神様にお祈りしているのだろう」

そう言いながら、加門も、あっと声を漏らした。

人々のなかに、伊兵衛の姿があったためだ。胸の前で両手を合わせ、なにやらつぶやいているのが見てとれた。

「堰が崩れないように、祈っているのだな」

二人は身を乗り出して、その姿を見つめた。

「水が出るたびに、こうしてきたのだろうな」

その真剣な面持ちを見つめる。と、加門の目が見開いた。

伊兵衛の身体が、堤を蹴って宙に浮いたのだ。

そのまま、下へと落ちていく。

「ああっ」

「うわあ」

皆の声が上がった。身を乗り出して、流れを覗き込む。

伊兵衛の姿は、すでに流れに飲み込まれて見えない。

「伊兵衛さん」

「おおい、伊兵衛さん」

輪中からも声が上がった。数人の村人が走り出した。

岸辺につながれた小舟に乗り込もうとしている。が、舟は波で大きく揺れ、人々が投げ出されそうになる。

「やめれ」

「ひっくりけえるぞ」

上から声が飛ぶ。

皆は強ばった顔で下流を見つめる。

伊兵衛の姿は見えない。

「伊兵衛さん」

口々に呼ぶ声が、流れの音に飲み込まれていく。

「なんということを……」

加門は呆然《ぼうぜん》と流れていく濁流を見送った。


数日後。

「伊兵衛さんが見つかったそうだぎゃ」

宿屋に飛び込んできた声に、加門と栄次郎は外へと走った。

「下の輪中に引っかかっているのを、引き揚げたっちゅう話じゃ。今、舟でこっちに運んじょっちょるで」

男の言葉に、川辺へと走る。

水嵩は減り、川も穏やかさを取り戻していた。

「ああ、あそこに舟が」

栄次郎の指す方向に、小舟が見える。岸辺ではすでに多くの人が集まって、舟が着くのを待っていた。

「行こう」

加門らもその人の輪に加わった。

舟から戸板に移された伊兵衛を囲んで、皆が手を合わせる。前に立つのは、雇い主の水行奉行高木内膳だ。その口が伊兵衛、とつぶやいている。

「伊兵衛さん」一人の百姓が進み出てしゃがむ。

「あんたが人柱になってくれたおかげで、洪水は治まったがね」

「伊兵衛さん、おみゃあさんは……」

つぎつぎと人が出て来る。

薩摩藩士も駆けつけて来た。

「伊兵衛さ……」

「こげんこつばせんでも……」

そう言いつつ、手を合わせる。

「伊兵衛」

高木が片膝をついて、手を合わせた。

しばし、瞑目《めいもく》したあと、その顔を上げて、周りを見渡した。

「皆の者、このこと、外の者には決して話してはならぬ。御公儀はこの御普請、民のためを思ってなさったのだ。そこで人柱が立ったと知れたら、この地の者がお咎めを受けるやもしれん。よいな、秘しておくのだぞ」

「へえ」と、皆が頷く。

加門と栄次郎はそっとうしろに下がった。

五

二月半ば。

尾張側から三川を渡り、二人は美濃の旅籠に移っていた。

「普請を最後まで見届けるのか」

窓辺に座った栄次郎が、身支度を調えている加門を振り返る。

「ああ、終わるまでは何があるかわからんからな」加門は袴の紐を締めながら頷いた。

「それに、石屋のことも調べねば。場所がわかったから、これから行って来る。そなたは絵を描くなり、好きにしてよいぞ」

「うむ、わかった」

その声を背に受けて、加門は外に出た。

村を抜けて、揖斐川に流れ込む細い川のほとりに立った。広い間口の石屋には、石《いし》工《く》や荷揚げ職人などが出入りしている。石の積まれた荷車が奥から出て来ると、目の前を通り過ぎて行った。

加門は横の広場へと入って行った。石が山のように積んである。その前で石を切っている石工を、加門は背後から覗き込んだ。

「よい石だな」

あん、と石工は振り返って加門を見上げた。加門は目元を弛めて、

「この石屋はずいぶんと古そうだが」

と、店を指で指した。

石工はつっと立ち上がると、

「番頭さーん、七右衛門《しちえもん》さーん、いてますか」

店に向けて大声を放った。

狼狽を押し殺す加門に、石工が背を向けると、店のほうから人影が出て来た。

「なんや」

寄って来た七右衛門に、石工は背を向けたまま加門を指で指す。

「どなたさんです」

ずんぐりとした七右衛門は、いぶかしげな面持ちで加門を見上げる。

「ああ、わたしは江戸から来た者で、石を使った普請を調べているのです」

へえ、と七右衛門は上目で加門を見る。

「また、薩摩の唐芋侍《からいもざむらい》から、なにか聞きはったんですかいな。大方、値を吊り上げて儲《もう》けてるとか、お役人と手を組んでいるとか、そういうことでっしゃろ」

顎をぐいと上げる七右衛門に、加門は思わず背を反らした。

七右衛門はにやりと口を歪めると、うしろ手になる。

「いや、驚かんでもよろし。前にも高木様の御家臣が来はったし、江戸から来はったお役人も見えて、おんなじことを訊かはりましたからな。言うておきますけどな、石の値が上がったんは、うちのせいやありまへんで。物ゆうもんは、多く求められれば値が上がりますんや。それが商いちゅうもんでっせ、ちゃいますか」

「ああ、それはそうだ」

加門が頷くと、七右衛門は右手を出して、指を立てた。

「わては大坂や堺《さかい》、近江《おうみ》でも商いを学びましたんや。値が動くんは米や豆だけやない、石かておんなじですわ」

七右衛門が歩き出したため、加門も横に並んだ。

細い川の堤に上ると、七右衛門は右に見える揖斐川の流れを手で示した。

「あっこではまだ普請をしてますのや。これまで、どんだけの石を使うたことか。えですか、そもそも、石の値を上げたんは、地元の庄屋や名主ですわ。売れるもんやから、調子に乗って値を上げよる。薩摩が石を出せ言うても、わざと出し渋りましてな、難儀してはりましたわ」

「そうなのか」

「へえ、まあ、それは売る側からしたら当たり前ですわな。で、うちの仕入れ値も上がりましたんや。この辺り一帯、石が高うなったんで、うちだけが儲けてるんとはちゃいますで。薩摩はんは大坂の石屋はもっと安い言わはりましたけど、そら、当たり前や、大坂は今、石を使うてませんよって。なら、大坂から運べばよろしと言いましたんや。運び賃でもっと高うつきますがな」

　おそらく何度も言って来たことなのだろう、話しに淀《よど》みがない。加門は、

「なるほど」

　と、頷くしかない。

「それをまあ」七右衛門は腕を組む。

「なんやかんやとえらい言われようをされて……郡代様にぎょうさんの賄《まいない》を渡している、とまで言われましてな、ほんま、迷惑ですわ」

　七右衛門は牽制するように、横目で加門を見上げる。

　腹が据わっているな……。加門はその思いを唾と共に呑み込む。

「しかし、郡代様が石屋を決めたと聞いたが」

「へえ、そうです。うちほど多くいい石を集められる店はありませんよって。郡代様はさすが、地元のことをよくご存じですさかい。まあ、そのお礼くらいはしてますけどな、商人《あきんど》がご贔屓《ひいき》にしてくれはるお人に、付け届けするんは礼儀ですさかい。それ、江戸ではしはらしまへんのでっか」

　たたみかけるような勢いに、加門は苦笑する。

「ああ、いや、江戸でもそれは普通だ」

「そうでっしゃろ」七右衛門は大きく頷いた。

「お侍さん、あんたさんがどういうお人かは知りまへん、面倒くさいことは時の無駄やから、聞こうとも思いまへん。けど、話はわかってくれはりましたか」

加門は苦笑を消すと、頷いた。

「ああ、わかった」

「そうですか、ほな、わてはこれで。ああ、忙しい忙しい」

七右衛門は踵《きびす》を返すと、堤を下りて行く。

加門はふっと息を吐きながら、首を振った。


宿屋の大部屋から栄次郎を誘い出すと、加門は歩きながら話し出した。

「へえ、その石屋、大したものだな」

栄次郎の笑いに、加門も苦笑いで返す。

「ああ、だが、悪びれたところがまったくないのを見ると、たとえ郡代と手を結んでいるとしても、大した金が流れているわけでなさそうだ」

「ならば、竹中伝六殿の訴えたかったことは、それではないのか」

「いや、確かに青木郡代のことはあるだろう、権高《けんだか》で横暴なのは確かだ。二一年前の図面どおりに普請をしろというのもいかがなものかと思うしな。が、それ以外にも、おそらく藩士の処遇などに同情をしていたのだと思うぞ。この普請の大変さは、江戸にはなかなか伝わらないからな、そうしたことも表に出したのかったのではないだろうか」

「ふうむ、義侠心《ぎきょうしん》の強いお人であれば、わからなくもないな。だが、それを遺書に認《したた》めたであろうに、その遺書はどこに消えたのだ」

首をひねる栄次郎に、加門は顔をしかめる。

「うむ、御公儀の役人か、郡代の手付か、どちらも考えられるな。青木郡代は出世欲が強そうなお人だから、不手際や不届きを江戸表に知られたくはないだろう」

「そうか、この普請がうまくいけば出世の糸口になるが、お咎めを受けるようなことがあれば、先が閉ざされるわけだな」

「ああ、遺書があれば持ち去っても不思議はない。が、役人にとってもそれは同じだろう。江戸から来た役人らは、もろもろを見過ごしにしていたのだ。それを問題として上に上げれば、ほかの者らの顔が潰れる。揉み消しはよくあることだ」

ううむ、と栄次郎が首をひねる。

「なればどちらにしても、もう遺書は燃やされているだろうな」

「うむ、おそらく」

加門は茜色《あかねいろ》の空を見上げて、眉を寄せた。

黄昏の訪れは、日毎に遅くなっていった。

そのまま二月も終わり、三月。

日が長くなったせいで普請も捗《はかど》り、堤や堰の姿が、人の目にも力強く映りはじめた。


三月下旬。

「普請が終わるそうだぞ」

宿屋に話が伝わってきた。

二十四日に三之手、二十七日に一之手、四之手も目途《めど》がたち、二十八日にすべての普請終了が告げられた。

翌二十九日。

「終わったな、これで帰れる」

荷造りをはじめた栄次郎に、加門も頷く。

「ああ、明日、発とう。わたしはその前に伊兵衛さんの墓参りに行って来る」

加門は川へと向かった。

小舟で福束輪中《ふくつか》へと渡り、大藪村《おおやぶむら》へと歩く。ここの円楽寺《えんらくじ》に、伊兵衛の墓があった。初七日の日に参ったきり、来ていない。墓が見えた所で、加門は足を速めた。数人の人影がある。うち一人は高木内膳だ。弔いと初七日の折りに、加門は言葉を交わしていた。

近寄って行くと、石を彫る音が聞こえてきた。墓石に石工が文字を彫っている。高木内膳はじっとそれを見ていた。

「高木様」

加門の声に、内膳が振り向く。

「ああ、これは宮地殿でしたな」

身分は明かしていないが、名は名乗っていた。

加門は近寄りながら石工の手元を見る。

三月二十九日没、と読めた。

目を見開いた加門に、内膳は小さく頷く。

「人柱はなかったこと。今日を命日とします」

「そうですか」

「いや、御公儀を憚《はばか》ってのこともありますが、もう一つ、伊兵衛への手向《たむ》けです。この普請に力を尽くし、命まで賭してくれた……伊兵衛あっての完成ですから」

「はい、伊兵衛さんは武士以上に忠義のお人でしたね」

加門の言葉に、内膳はぐっと喉を詰まらせた。

「わたしが江戸から呼び寄せたばかりに、このようなことに……なんとも忍びないことです」

伊兵衛よ、とつぶやくと、内膳は瞑目して手を合わせた。

加門もそれに倣《なら》って、目を閉じた。


翌日。

川の堤を下っていくと、やがて四之手の普請場が見えてきた。

揖斐川と長良川を隔てる堤が長く伸びている。

「これなら長良川の水は流れ込んでこないな」

加門は立ち止まり、目を細める。おや、と栄次郎が堤を指で指した。

「人がいるぞ、普請は終わったろうに」

薩摩藩士とわかる人影が、いく人も堤上でかがんでいるのが見える。

並んで眺める二人に、人の声が聞こえてきた。

近くの宿場から来たらしい町人三人が、堤を上がって来て、すぐそばに立った。川を隔てる堤を指さし、目を細める。

「はあ、長い堤だのう、やっと終わったか」

「せやけど、まだ松を植えるいう話や」

「松やと」

「ああ、このあいだ、薩摩藩士に聞いたんや。わざわざ薩摩から松の苗《なえ》を取り寄せたちゅう話やで。木を植えれば堤が強くなるそうや」

「せやかて、松やったら、薩摩から運ばんかて、そこいらのでええやないか。いくらでも生えてるで、海辺の松やったら、ただやし」

「いんや、薩摩の証を残したいそうや。そらそうやろ、こんだけ難儀しなはったんや、わいはわかるで」

「あ、きっとあれや、供養や」

「供養」

「ああ、たくさん人が死によったいうやないか。そんお人らの供養や」

「ほお、そうかもしれんのう」

「ちょいと、近づいてみようやないか」

町人らはゆっくりと堤を下りて行く。

栄次郎は「へええ」と堤を見渡す。

「堤に松を植えるのか、見事だろうな（現・千本松）」

「見られなくて残念だな、さ、行くぞ」

加門は歩き出す。

行く手には広い河口がきらめいている。

「桑名から舟に乗るのか」

「ああ、尾張の熱田《あつた》まで渡る。あとは東海道をまっすぐだ」

加門は河口の先に広がる海原を見つめた。

六

五月。江戸城中奥。

意次に呼ばれて部屋に行くと、にこやかな笑顔が待っていた。

「三川の普請、検分が無事に進んでいるぞ」

普請終了の報告を受けて、出来具合を調べる役人が城表から遣わされていた。

「問題も見つかっていないらしい。上様は検分がすべて終わったら、薩摩藩に褒美を与えると仰せだ」

「そうか、それはよかった。お咎め等はなしか」

「ああ、竹中伝六の切腹も、そなたの報告以上にわかったことはない。人柱のことも上様は忠義と思し召《おぼめ》して、不問にされた。咎めを受ける者は出なかったぞ」

「それもよかった。あ、青木郡代はどうだ」

ううむ、と意次は口を曲げる。

「不届きがあったわけではない、との判断だ。むしろ、お役目をやり遂げたとして、お褒《ほ》めがあるかもしれないな」

そうか、と加門も口を曲げる。

「まあ、わたしもなにかをつかんだわけでない、それが妥当なのだろうな。役人としては、ああいうお人が出世するのだと思うと、腹がすっきりしないが」

そう言って落とした肩を、意次が叩いた。

「それはそれ、そら、約束の道場へ行こうではないか」

「ああ、倅《せがれ》を連れてだな、いつにする」

うむ、と意次は指を折って、日を数えた。

数日後。

柳生新陰流《やぎゆうしんかげりゆう》の道場で、加門と意次が落ち合った。二人が幼い頃から通った道場だ。

「これが龍助だ」

背中を押された龍助は、ぺこりと頭を下げる。

「よろしくお見知りおきください」

「ほお、立派な挨拶ができるものだ」

加門は驚きながら、一歩下がっていた息子を前へと押し出す。

「さ、草助」

「はい」覚悟を決めたように背筋を伸ばす。

「宮地草助です、よろしくお願いいたします」

「おう、よい挨拶だ」意次が笑顔になる。

「龍助、草助殿と仲良くなれ、よいな」

「はい」

龍助は草助に向けて笑顔になる。草助もにこりと返した。

「よい友になりたいです」

よし、と加門は息子の頭を撫でる。

「さて、では」

二組の親子は、師範への挨拶をすませた。

道場を出ると、父親同士、顔を見合わせて目顔で頷く。

「よし、両国橋へ行こう」

子供らはわからないままに、父の楽しげなようすにつられて歩き出した。

橋詰の広場は、相も変わらず賑わっている。

さまざまな芸人に、草助も龍助も目を瞠《みは》る。

手妻に驚き、軽業に手を打ち、子供達は無邪気にはしゃぐ。加門と意次も、目を細めて、子を抱き上げ、芸を見せた。

「父上、あっちも」

すっかり子供らしくふるまう草助に、龍助もつられていた。

「父上、あれはなんでしょう」

動く竹細工を覗き込む。

「ほしいか」

意次の問いに、龍助は慌てて首を振った。

「いえ、あれは子供のおもちゃです」

「なあにを言っている、そなたは子供だ。遠慮しないのが子供の作法だぞ」

意次は懐から、財布を出し、おもちゃを求める。

「二つくれ」

意次は受け取った一つを草助に渡した。

「よいのですか」

「ああ、いっしょにあそぶがいい」

加門は草助の頭を押す。

「お礼はどうした」

「あ、ありがとうございます」

ぺこ、とおじぎをするさまに、加門も意次も目を細める。

「お、そうだ」加門も財布を出した。

「もう一つ、くれ」

そう言って、受け取ったおもちゃを袖に入れる。

「なんだ、下の子にか」

意次の問いに、いいやと首を振る。

「これは医学所の仲間にだ」

「ふむ、そうか」意次は隅の茶屋を目で示す。

「どうだ、団子でも食おうじゃないか」

「ああ、いいな、草助、団子はどうだ」

「ほしい」

「ようし、では行こう」

四人は茶屋へと歩き出した。


数日後。

加門は医学所からほど近い、町家へと向かった。

「正吾、いるか」

半ば開いた戸口から、覗き込む。

「はい」

中から出て来たのは女房のおときだ。たすき掛けをして、頭には白い手ぬぐいを巻いている。

「まあ、宮地様、どうぞ」

中に入ると、背中を丸めている正吾が見えた。病人を診ているらしい。顔を伏せたまま、声だけを寄越した。

「ちょっと待ってくれ、加門。おとき、薬湯を見てきてくれ」

「はい」

おときは奥へと行く。

上がり框に腰を下ろして見ていると、おときのあとに続いて子供が出て来た。おときの連れ子だ。

「おう、おはな坊、こっちへおいで」

加門は袖から竹細工を取り出す。

「さ、これを上げよう」

おはなは小さな手を出すと、それを受け取った。

「おじちゃん、ありがとう」

「これ、おはな、おじちゃんなどと言ってはいけません」

おときが慌てて振り向く。

「ああ、かまいません」

加門の笑顔に、おときはすまなさそうに肩をすくめる。

「ああ、よし」正吾が声とともに顔を上げた。

「おとき、薬湯を出してくれ」

そう言いながら正吾は病人を離れ、こちらに来た。

「すまんな、おもちゃまでもらって」

「なに、うちの子とお揃いだ」加門は目でおときを指した。

「おときさん、よく手伝っているな」

「ああ、晒を巻くのはうまいし、薬湯を煎じるのも上手だ。わたしのように焦《こ》がしたりしないし」

正吾が目を細めて振り返る。

「へえ、よい女房をもらったな」

「ああ、武家の娘なら町人の世話などしてくれまい。家を捨てた甲斐《かい》があったというものだ」はははは、と正吾は笑う。

「まあ、上がってゆっくりしていってくれ」

正吾の言葉と同時に、

「先生」

という声が飛び込んできた。

「来てくだせえ、うちの若いもんが梯子《はしご》から落ちて」

加門は立ち上がると、正吾に頷いた。

「行ってやれ、また来る」

笑みを向けて、外へと出る。

明るい空を見上げて、さて、と歩き出す。

医学所への道で加門は、はっと、強い気配に振り返った。

「宮地殿」

駆けて来たのは同心の三井勝之進だ。

「ああ、三井殿、久しぶりです」

「ええ、お忙しかったようですな」わかっている、という顔で頷く。

「いや、医学所に何度か伺ったのですが」

「は、またなにかありましたか」

「はい。宮地殿、あの者を覚えていますか、もらい子を育てていた饅頭の留三」

勝之進の神妙な顔に、加門は戸惑う。

「ええ、覚えてますよ……あの男がなにか」

「いや」と勝之進は相好を崩した。

「あの留三、乾物屋のおこまと夫婦になったのです」

「は……ああ、確か主が深川に呼び寄せたんでしたね」

「そうなのです、家の近くの長屋を世話したんですが、そこにおこまも顔を出すようになったんです。わたしも気になって立ち寄ったりしていたんですがね、ときどき、おこまと顔を合わせまして。まあ、男手一つで子供を育てている留三が心配になったんでしょう」

「ああ、留三さんは、いかにも人がよさそうでしたし」

「そう、それで情が湧いたんでしょうな、春に夫婦になったんです」

「へえ……いや、それはよかった」

頬を弛める加門に、勝之進はにっと笑う。

「これから、見廻りがてらに覗きに行こうと思っていたところです。いかがです、宮地殿もごいっしょに」

「お、それはいいですね」

加門も笑う。

二人は永代橋に向かって、歩き出した。

時代小説

二見時代小説文庫

上《うえ》に立《た》つ者《もの》　御庭番《おにわばん》の二代目《にだいめ》9

著者　氷月《ひづき》　葵《あおい》

発行所　株式会社　二見書房
東京都千代田区神田三崎町二－一八－一一
電話　〇三－三五一五－二三一一［営業］
〇三－三五一五－二三一三［編集］
振替　〇〇一七〇－四－二六三九

印刷　株式会社　堀内印刷所
製本　株式会社　村上製本所

落丁・乱丁本はお取り替えいたします。
定価は、カバーに表示してあります。

 ISBN978－4－576－19011－2
https://www.futami.co.jp/

小杉健治

栄次郎江戸暦

シリーズ

田宮流抜刀術の達人で三味線の名手、矢内栄次郎が闇を裂く！吉川英治賞作家が贈る人気シリーズ

以下続刊

①栄次郎江戸暦 浮世唄三味線侍
②間合い
③見切り
④残心
⑤なみだ旅
⑥春情の剣
⑦神田川斬殺始末
⑧明烏《あけがらす》の女
⑨火盗改めの辻
⑩大川端密会宿
⑪秘剣 音無し
⑫永代橋哀歌
⑬老剣客
⑭空蝉《うつせみ》の刻《とき》
⑮涙雨の刻《とき》
⑯闇仕合（上）
⑰闇仕合（下）
⑱微笑み返し
⑲影なき刺客
⑳辻斬りの始末
㉑赤い布の盗賊

二見時代小説文庫

森 真沙子

柳橋ものがたり

シリーズ

以下続刊

① 船宿『篠屋』の綾
② ちぎれ雲

訳あって武家の娘・綾は、江戸一番の花街の船宿『篠屋』の住み込み女中に。ある日、『篠屋』の勝手口から端正な侍が追われて飛び込んで来る。予約客の寺侍・梶原だ。女将のお廉は梶原を二階に急がせ、まだ目見え（試用）の綾に同衾を装う芝居をさせて梶原を助ける。その後、綾は床で丸くなって考えていた。この船宿は断ろうと。だが……。